光文社文庫

文庫書下ろし／長編時代小説

果し合い

若鷹武芸帖

岡本さとる

光 文 社

この作品は光文社文庫のために書下ろされました。

目次　【果し合い　若鷹武芸帖】

若鷹武芸帖

果し合い

『果し合い　若鷹武芸帖』おもな登場人物

新宮鷹之介……公儀武芸帖編纂所頭取。鏡心明智流の遣い手。

水軒三右衛門……公儀武芸帖編纂所の一員。柳生新陰流の遣い手。

松岡大八……公儀武芸帖編纂所の一員。円明流の遣い手。

富澤春……春太郎の名で深川で芸者をしている。角野流手裏剣術を父・富澤秋之助から受け継ぐ。

高宮松之丞……先代から仕えている新宮家の老臣。

お光……元海女。公儀武芸帖編纂所に女中として勤めている。

藤浪鈴……徳川家に仕える別式女。改易された藤浪家の姫で、薙刀の名手。

中田郡兵衛……武芸帖編纂所の書役。

原口鉄太郎……新宮家の若党。

第一章　第五番

一

「何じゃ、あの男は……」

小松杉蔵《こまつすぎぞう》は小首を傾《かし》げてその場に立ち止まった。

彼の目の先には、公儀武芸帖編纂所頭取《こうぎぶげいちようへんさんじよとうどり》・新宮鷹之介《しんぐうたかのすけ》の屋敷がある。

その門前を、一人の男がうろうろしながら中を覗《のぞ》き込むようにしているのだ。

新宮家は三百俵取りの旗本《はたもと》である。家来がいないわけではないのだが、屋敷の隣には編纂所があり、頭取の他は編纂方二名、書役《かきやく》一名、女中一名だけで切り盛りしているゆえ、手が足りない。

それゆえ、新宮家の若党《わかとう》、中間《ちゅうげん》は、何かというと編纂所の雑務に駆り出されるので、二六時中門番をしていられぬ事情がある。

新宮鷹之介は、先般江戸城中において将軍・徳川家斉《とくがわいえなり》に召され、番方《ばんかた》の腕自慢と次々に仕合《しあい》をしてことごとく勝利を収めた。

それが評判を呼び、武芸帖編纂所という世の中にまるで知られていなかった役所が、俄《にわか》に脚光を浴びるようになった。

ここには腕利きの武芸者がいて、日夜武芸の探究に余念がないとなれば、誰がそのような恐ろしいところに寄りつこう。

そういう編纂所と新宮家の自負が、門前の警備を手薄にしているむきもあった。

「あ奴《やつ》、今度は編纂所に探りを入れておるぞ……」

男は新宮邸の門前から、隣接する編纂所の門前をうろうろし始めた。

彼は三十過ぎ、何《いず》れかの武家に仕える小者《こもの》のように見える。

ここ、赤坂丹後《あかさかたんご》坂は武家屋敷が甍《いらか》を争っている。

武家奉公人が用事を務めての帰り、

——ここが評判の武芸帖編纂所か

と、興《きよう》をそそられて様子を窺《うかが》っているのかもしれない。

しかしそれにしては、男の表情には切羽《せっぱ》詰まったものがある。

これから編纂所を訪ねるつもりの杉蔵は、放っておけなかった。

「まずおれも、編纂方のようなものだからな。ここははっきりさせておかねばならぬ」

杉蔵は呟《つぶや》いた。

〝編纂方のようなもの〟と、杉蔵は勝手に思っている。

彼は鎖鎌《くさりがま》術の達人で、以前編纂所が、

「滅びゆく武芸流派を調べよ」

という将軍家からの命のひとつとして、鎖鎌術を取り上げた時には尽力をした。

以来、時折は編纂所の武芸場に立ち入り、武芸談義に興じたりして、この役所における鎖鎌の権威は自分であると悦《えつ》に入《い》っているのである。

杉蔵は気配を消して武家屋敷街の路地に身を潜めると、いきなりぬうっと男の前に出て、

「おぬし、ここに何か用かな」

ニヤリと笑った。

男は度胆《どぎも》を抜かれ、

「あ、いや、わたしはその……」

しどろもどろになった。

杉蔵は男の顔をまじまじと見た。

角張った顔はいささかいかつく映るが、顔立ちや表情に険《けん》がない。

「怪しい者でないのはわかるよ。おれもこれでなかなかに苦労をしてきたゆえにな。

おぬしの顔を見ればわかる」

杉蔵は穏やかな口調で言った。

「は、はい。決して怪しい者ではないのでございます」

「どうやらおぬしは、この武芸帖編纂所に何か思うところがあるらしいのう」

「あなた様は、こちらの御方なのでございますか？」

「まあそのような者だ」

杉蔵は澄まし顔で応えると、

「これから編纂所の武芸場に出て、一汗かこうと思うているのだが、連れていってやってもよいぞ」

しかつめらしい表情を作った。

「それは真でございますか？」

男の顔が、ぱっと明るくなった。

しかし、何かに思い当ったのか、

「いや、そのような勝手な真似をしましては、その……」

「奉公先の主《あるじ》に叱られるかもしれぬか」

それくらいの人情はわかる小松杉蔵であった。

男は沈黙した。

「とにかく、何か仔細《しさい》があるようだ。おれは小松杉蔵という、鎖鎌術の指南をする者だ。おぬしの名は？」

「惣助《そうすけ》と申します」

男は杉蔵の飾らぬ人柄に心が和《なご》んだらしく、すんなりと名乗った。

「ならば惣さんと呼ぼう。この編纂所は、おぬしが思うているほど厳《いか》めしい役所ではない。仔細を申せばおぬしを温かく迎えてくれよう。とにかく正直に話をしてくれ」

杉蔵に促され、惣助はその場で畏《かしこ》まったのであった。

二

それから、小半刻《こはんとき》（三十分）もせぬうちに、惣助は小松杉蔵が言った通り、武芸帖編纂所の武芸場にいた。

何ゆえ、新宮邸と編纂所の前をうろついていたのか――。

惣助がその理由を話すと、

「なるほど、おぬしの想いはようわかる。よし、堂々と入って様子を見るがよい」

杉蔵は勝手に胸を叩いて、一緒に連れて入ったのである。

惣助にとっては夢のような出来事であった。

新宮家の中間・覚内《かくない》が出迎えると、

「これは小松先生。今日はお連れ様もご一緒で？」

深くは問わずに武芸場に案内してくれた。

そこには、二刀流《にとう》の稽古をしている編纂方の松岡大八《まつおかだいはち》がいて、

「おお、杉殿、参ったか」

巨体を揺らしながら相好《そうごう》を崩した。

そうしてすぐに凜々《りり》しき頭取・新宮鷹之介が現れて、にこやかに杉蔵と惣助を見た。

「へへえっ」

思わずその威《い》に気圧《けお》されて惣助が平伏すると、鷹之介は杉蔵に、

「まず話を聞きましょう」

頷《うなず》いてみせた。

杉蔵の表情を見れば、何か話したいのはすぐにわかる。

「聞いてやっていただけますかな？」

杉蔵は、勝手な真似をしたのを詫びて頭を掻きながら、畏《おそ》れ多くて口も利《き》けぬといった惣助の代わりに、今門前で聞いた話を鷹之介に伝えたのであった。

惣助は、幕府の番方である小十人組《こじゅうにんぐみ》番衆・大場久万之助《おおばくまのすけ》に仕える中間だという。

小十人組は、書院番《しょいんばん》、小姓組《こしょうぐみ》、大番《おおばん》、新番《しんばん》と共に〝五番方〟に数えられる由緒《ゆいしょ》ある役職であった。

格としては書院番と小姓組、つまり〝両番〟の下で、五番方の中で唯一、番衆は馬上の資格がなかった。

家禄は百俵《ぴょう》級がほとんどで、十人扶持がつくものの、〝五番方〟の士の中では小禄である。

しかしその役儀は、将軍外出の折には行列で露払いを務め、先遣されて警備に当る。

平時においては江戸城中の警備に配されているゆえ、将軍近侍《きんじ》の士として、幕臣の中でも格式は高い。

いざとなれば、華やかな朱色の具足《ぐそく》で戦場に臨む栄誉を有している。

その小十人組にあって、惣助の主・大場久万之助は、武芸優秀を謳《うた》われている。

剣をとっては梶派一刀流《かじはいっとう》の遣い手、槍は宝蔵院流《ほうぞういん》に習った。

務め一筋の久万之助は、日頃から気を昂《たか》ぶらせることなく、実直に淡々と御役をこなしてきたのだが、このところは落ち着きがなく苛々《いらいら》を募らせているらしい。

そこまで聞けば、鷹之介にはわかる。

大場久万之助は、

「いつ、新宮鷹之介殿と仕合をする運びとなるのであろう」

と、気が気でなく、それに備えて気が昂ぶって仕方がないのであろう。

今年の秋に、鷹之介は将軍・家斉から、

「番方の武芸の腕を調べよ」

との命を受けた。

各番方で武芸優秀なる者に会い、その者がいかなる心構えで日頃から稽古に励み、己が腕をどこまで鍛えているかを検分した上で、それを将軍家に上書《じょうしょ》する。

これはなかなかに骨の折れる仕事であったが、これまで鷹之介はそつなくこなしてきた。

第一番。小姓組番衆・増子啓一郎《ますこけいいちろう》。神道無念流《しんとうむねん》の遣い手。

第二番。書院番衆・子上礼蔵《ねがみれいぞう》。抜刀術の名手。剣術は馬庭念流《まにわねん》。

第三番。大番組頭・剣持重兵衛《けんもちじゅうべえ》。かつて盗賊退治に功を成した、小野派一刀流《おのはいっとう》の遣い手。

第四番。新番衆・連城誠之助《れんじようせいのすけ》。手槍《てやり》の遣い手。剣術は直心影流《じきしんかげ》。

聞き書きを添え、それぞれの武芸優秀を家斉に上書すると、家斉は、

「ならば、まとめと参ろう」

とばかりに、その都度《つど》御前仕合を求めた。

そうして彼は、前述したように、四人との仕合にことごとく勝利をしたのだ。

こうなると、次は小十人組の遣い手との仕合になるだろうと、誰もが見ていた。

小十人組の武芸優秀の者はというと、大場久万之助となる。

久万之助自身、その自負《じふ》はある。

とはいえ、彼は思い上がった心は持たぬ士である。

人に何と言われようと、平静でいたのであるが、

「上様からの思《おぼ》し召しがあれば、大場久万之助、そなたに頼んだぞ。小十人組の意地を見せてくれ」

と、小十人頭から直々に声をかけられて、久万之助もさすがに平常心を保っていられなくなってしまったそうな。

「新宮殿は恐ろしく強いというが、おれはその剣を見たことがない。仕合に負ける

のはいたし方がない。だが、まるで勝負にならなんだとすれば、小十人組の恥となる……」

久万之助は生真面目な男であるゆえ、そこが気になっているそうで、

「お側にお仕えする者は、いたたまれずにいるのでございます」

と、惣助は言う。

話を聞いた杉蔵は、

「それで、惣さんは何か殿様のお役に立てることはないかと思う余り、ここの様子を窺いに来たというわけだな。その想いはなかなかに殊勝《しゅしょう》ではないか」

と感じ入り、それなら武芸帖編纂所の内を見て主に伝えれば、大場久万之助も惣助の忠義に少しは心も安まるであろう。そのように考えて、勝手に惣助を連れてきたのであった。

「うむ。惣助とやら、そなたの主を想う気持ちは、ようわかるぞ……」

鷹之介は、やさしい言葉をかけてやり、惣助を感激させると、

「そなたは、いささか武芸の心得があるのであろうのう」

と、訊ねた。

「心得、というほどのものでもございませんが、時折は殿様に手ほどきを受けております……」

惣助は畏《かしこ》まりながら応えた。

「さもあろう。当家も同じだ。わたしが家来達に、時に稽古をつけている。さすがに大場殿は武家の主の心得は忘れておられぬようじゃ」

鷹之介の言葉に、惣助の表情が明るくなった。

主を称されるのが何よりも嬉しいようだ。

大場家がよくまとまっているのが、惣助を見ればわかる。

「それならば、これから円明《えんめい》流を遣う編纂方の松岡大八殿と、伏草《ふしくさ》流鎖鎌術の遣い手・小松杉蔵殿とで稽古をいたすゆえ、見て帰るがよい」

新宮鷹之介がどのような剣を遣うか、惣助の目で見て、大場邸へ持ち帰ればよいと、告げた上で、

「実はこの鷹之介も、次はきっと小十人組のどなたかと立合《たちあ》うことになるのであろうと、いささか気になっていたところでのう。そなたを見れば、大場久万之助殿が立派な武士であると窺い知れて、安堵《あんど》いたした」

と、彼もまた表情を和ませたのであった。

三

それから、半刻《はんとき》（一時間）ばかりしてから、惣助は武芸帖編纂所を辞した。

他家の奉公人を、あまり留め置いてもいけないと、鷹之介は稽古を早めに切り上げたのだ。

また、松岡大八、小松杉蔵との立合《たちあい》も、根《こん》を詰めずひとつひとつの技を確かめ合う程度のものにしておいた。

鷹之介は、次の聞き取りは小十人組の番士《ばんし》で、ここならば大場久万之助という梶派一刀流の遣い手の名があがるだろうと、既に予想をしていた。

そして、将軍・家斉から仕合を所望されたとしても、久万之助に負ける気がしなかった。

何といっても、これまでの四番勝負は、各番方で一番の遣い手が相手であり、それにことごとく勝利した自信と、仕合で得た勝負勘で鷹之介の上達は止《とど》まるところを知らなかったのである。

大場久万之助がいかに遣うといっても、仕合となれば刀法での立合となろう。

対戦に慣れていない武術であればいざ知らず、

「今の頭取に、まともに剣術で勝つのは、誰であろうと、まず無理でござりましょう」

松岡大八などは、そのように言い切っているほどだ。

ここで壮絶な立合を披露すれば、大場久万之助の緊張はますます高まり、役儀《やくぎ》に障りが出るかもしれない。

鷹之介には、それを気遣う余裕すらあったのだ。

「大場殿には、よしなにお伝えしてくれ。何かの折には、編纂所に遠慮のう訪ねてくださるようにと……」

帰り際には、そう言葉を付け足した。

「真に忝《かたじけの》うございます……」

惣助はひたすら恐縮の態《てい》で立ち去ったものだが、小松杉蔵はよけいなことをしてしまったかもしれぬと、

「出しゃばったことをして、申し訳ございませなんだ」
と、鷹之介に詫びた。
「杉殿は、すっかりと編纂方になった気分じゃのう」
大八がすかさず咎《とが》めるように言った。
「ははは、まずそのあたりは大目に見てくだされ。心の内は編纂所と共にあるということで……」
「調子の好いことをぬかしよるわ」
大八は、嘯《うそぶ》く杉蔵を見てからからと笑った。
編纂所の武芸場に、よく出入りしている武芸者は三人いる。
この鎖鎌術の小松杉蔵
薙刀《なぎなた》術の藤浪鈴《ふじなみすず》
手裏剣術の春太郎《はるたろう》こと、富澤春《とみざわはる》
である。
鈴は将軍家の別式女《べっしきめ》を務めていて、春は辰巳《たつみ》で春太郎という名で芸者をしている
ゆえ、ここへ来るのは鷹之介からの要請があった時と、己が武芸の鍛錬の必要に迫

られた時に限られている。

しかし、杉蔵は何かというと訪ねてきて、鷹之介と大八に稽古を望む。

鷹之介は、鎖鎌の名人などそういるものではないので、

「編纂方としてここへ来てやろうというなら、いつでも御支配に願い出ましょうぞ」

と、近頃ではそれを勧めていた。

しかし現在、杉蔵は四谷鮫ヶ橋《よつやさめがはし》坂にある、伏草流鎖鎌術・伊東一水《いとういっすい》道場で師範代を務めていて、なかなか自由が利かないのだと言って、それに踏み切れないでいる。

とはいっても、一水は道楽で鎖鎌術の道場を開き、指南や弟子の捌《さば》きは杉蔵に任せてしまっているので、杉蔵としてはここの師範代でいる方が、月三両の編纂方より実入りは好いし、気楽なのが本音らしい。

大八はその辺りを見通していてからかうのだが、何かというとやって来る杉蔵がどこか憎めずにいる。

この日も、表で惣助の姿を認め勝手に連れてきたわけだが、鷹之介にとっては、

「さりながら杉殿のお蔭で、大場久万之助殿の人となりが見えたようで、ありがた

いことでござったよ」

と、なる。

〝五番勝負〟は、すぐに執り行われるであろうと思っていた鷹之介であったが、四番目の仕合が行われてから、もう半月以上も経っていた。

文政《ぶんせい》三年も十月中旬となり、暦の上では冬となったゆえに、何とはなしに気が焦るのだが、未だ支配の若年寄《わかどしより》・京極周防守《きょうごくすおうのかみ》からの呼び出しがない。

次の相手が、小十人組番衆の大場久万之助であろうとは思いつつ、早く片付けて、ゆったりと年の瀬を迎えたいところであった。

もうひとつ鷹之介が落ち着かぬ理由としては、いつも編纂所の武芸場にいるはずの編纂方・水軒三《すいけんさん》右《え》衛門《もん》がいないということもある。

彼は現在、新陰《しんかげ》流の師・柳生《やぎゅう》俊則《としのり》亡き後、家勢が落ち着かぬ柳生家の招きに応じて、柳生家江戸屋敷に詰めている。

こちらの方からも、いつ武芸帖編纂所に戻るか、確《かく》とした報せがない。

鷹之介にとって三右衛門は、今や松岡大八と共に、軍師ともいえる存在になっていた。

三右衛門からは、

「頭取は、もう某《それがし》に何を頼ることもござりますまい」

と言われていたが、早くに父・孫右衛門《まごえもん》と死別している鷹之介には、武芸者として鍛え抜かれた三右衛門が、傍《そば》にいてくれるだけで心強いので、いなくなると困るのだ。

さらに、三右衛門と亡父に関わることで、気になっていることがあった。

四

「爺《じ》イ、あれから何かわかったか?」

編纂所を辞し、隣の屋敷に戻ると、鷹之介は恭《うやうや》しく出迎えた老臣の高宮松之丞《たかみやまつのじょう》に問いかけた。

「いえ、これといって、新たな手がかりになる一文は見つかってはおりませぬ」

松之丞は、申し訳なさそうに応えた。

老臣は、このところの鷹之介の快進撃に当たって、ますます注目を浴び始めた新宮家の由緒について、どこで誰に訊ねられても応えられるようにと心がけていた。

それで屋敷の書庫や、自室に収蔵されている古文書や日誌を引っ張り出して、内容を確かめた上で整理するという作業に没頭していたのだが、その中で己が日誌に気になる記述を見つけていたのだ。

それは、鷹之介の亡父・孫右衛門と、現在柳生家の江戸屋敷に詰めている水軒三右衛門が、かつて一度だけ会っていたのではないかと思われるものであった。

十四年前に、孫右衛門が将軍・家斉の鷹狩に随身《ずいじん》した折に、

「今日は御指南役がお見えになるそうな。御指南役には、おもしろいお弟子がいて、武芸の腕は申し分ないが、いずれにも仕官をする気もなく、何かというと武者修行の旅に出るとか……」

松之丞にそんな話をしていたのを、彼は日誌に認《したた》めていたのだ。

御指南役というのは柳生但馬守《たじまのかみ》俊則であるはずだ。

そうなると〝おもしろい弟子〟は、水軒三右衛門ということになる。

当時、三右衛門は俊則の側近くにいて、剣を学んでいたし、柳生家の臣ではないながらも、家斉からは目をかけられていた。

日誌のその部分を何度も読み返してみると、家斉から気に入られていた孫右衛門は、いつか三右衛門に引き合わせてもらう日を楽しみにしていたようだ。

しかし、孫右衛門はその鷹狩の日に、何者かと斬り結び命を落してしまった。

それゆえ、孫右衛門が三右衛門と会っていたかどうかはわからない。

三右衛門は、鷹之介の父親がどのような武士であったかは、当然わかっているのだが、どこかですれ違ったかもしれない相手ではあるものの、

「会《お》うたことはござりませぬな」

と、鷹之介には言っていた。

随分前の話である。

松之丞でさえ、日誌にそのような孫右衛門の言葉を記していたことなど、すっかり忘れてしまっていた。

三右衛門もまた、かつて孫右衛門に会ってはいたが、記憶の中で違う相手に入れ替ってしまっているのかもしれない。

そう考えると、会っていたとすれば鷹狩当日となろう。

孫右衛門は何者かと斬り結び、無念の死を遂げた。

将軍警固《けいご》中に、曲者《くせもの》と遭遇して追い払ったものの、その時に受けた傷が因《もと》で命を落したわけだが、これは将軍家の危険に関わることであるから、大きな騒ぎになったはずだ。

いくらなんでも、三右衛門が孫右衛門のことを覚えていないはずはなかろう。

そう考えると、〝おもしろい弟子〟は、水軒三右衛門ではなかったのかもしれぬ。

松之丞からそのあたりの話を聞くと、鷹之介は落ち着かなかった。

鷹狩当日に会っていなかったとしても、それ以外の何かの折に二人は顔を合わせていなかっただろうか。

何かの拍子に、

「おお、そういえば、このようなことがござった……」

と、三右衛門が思い出すかもしれぬではないか。

鷹之介が気になるのは当然である。

――そのうち三殿も帰ってこよう。その時に訊ねればよい。

自分にそう言い聞かせてはいるが、三右衛門の編纂所復帰の日取りははっきりとせず、次の小十人組への聞き取り、並びに御前仕合の予定も確とせず、余計に心の内がもやもやとするのだ。

いずれの件も、こちらから伺《うかが》いを立てるべきものではないゆえ、待つしかない。

「殿、申し訳ございませぬ。爺ィめも、日毎耄碌《もうろく》して参りました……」

鷹之介の気持ちがわかるだけに、松之丞は辛かった。

もっと早くに気付いていれば、鷹之介の心を煩《わずら》わせることもなかったであろうと思うと、いても立ってもいられずに、

「まだまだ確かめておりませぬ文書もございまする。さらに精を出して当りますゆえ、お許しくださりませ」

松之丞は、鷹之介の居室まで供をすると、くどくどと詫びた。

鷹之介はそんな松之丞を見ていると、彼の老いを覚えて、辛くなり、

「爺ィが悪いのではない。名誉の死とはいえ、まだ十三の息子を置いて消えてしまった父上が悪いのだよ」

努めて明るく言った。

「爺ィだけに任せてはおかぬぞ。この機会に、この鷹之介も共に文書の整理に当ろう。編纂所で武芸帖ばかり見ておらずに、屋敷内の文書も時に確かめておかねばの

う」

「いえ、殿はお忙しい日々をお過ごしでござりまするゆえ……」

「何が忙しいのだ。日々武芸帖を眺めて、武芸の修錬を積み、その他は御支配からの沙汰《さた》を待つだけではないか。思えば他人の由緒ばかりを記して、新宮家のことは何も知らぬというのも情けないことだ」

鷹之介は、恐縮する松之丞にニヤリと笑って、夕餉の膳もそこそこに、愛すべき老臣と二人で書類の整理に当った。

父・孫右衛門は、武芸優秀の人であったが、小まめに日誌をつけたりするような細やかさは持ち合わせていなかった。

今の気持ち、今日の出来事などは詳しく記さず、〝疾風怒濤《しっぷうどとう》〟〝捲土重来《けんどちょうらい》〟〝臥薪《がしん》嘗胆《しょうたん》〟など、その時の己が気持ちを料紙《りょうし》に書きなぐるくらいしかしなかった。

「すべては己が心の思うがままよ」

鷹之介には鷹之介の生き方がある。

武家に生まれた男なら、何教えられずとも、武士としての心を持ち続けられるはずだ。

孫右衛門は息子に対して、そのように考え向き合っていた節がある。

まだ子供であろうが、一人の武士として接し、父子というよりかは、武士同士の付合いの中で自分から学ぶものがあれば、それを勝手に見つけて、身に付けていけばよいというのだ。

「見て学べ」

「見て盗め」

「匂いや気配を覚えろ」

武芸者には、弟子に対してそう告げるだけで、言葉で何も教えない者も多い。

だが、今になってみればわかることも、まだ子供だった鷹之介には理解出来ぬままに別れてしまったのだ。

高宮松之丞は、孫右衛門の考え方や人となりがよくわかるだけに、先君が水軒三右衛門について日誌などに書き留めたりしているはずはないと確信している。

それゆえに、孫右衛門が話したことは細かに自分の日誌に記さんとしてきたので、松之丞の筆によって記されたあらゆる資料を引っ張り出しているのだ。

また、先君が遺した物を家来の自分が、徒《いたずら》に触ってはなるまいという遠慮もあり、こちらは後廻しにしている感がある。

鷹之介は、その部分を自分が調べて整理しようと松之丞に告げて、黙々と父の遺品を再見し始めたのである。

五

「殿、先君は何か、それらしきことを書き残されておられましたかな？」

高宮松之丞は、納戸《なんど》で共に書類整理をしている新宮鷹之介に訊ねた。

その声はどこか楽しそうであった。

十三歳の時に父を失った鷹之介を守《も》り立ててきたこの老臣にとって、近頃の主君の活躍ぶりは、何にも替え難い喜びであり誇りであった。

それと同時に、はるか空高く飛び立った若鷹に、一抹《いちまつ》の寂しさを覚えていた。

このように狭い納戸に顔を突き合わせて、思い出話などを挟みながら仕事をするなど、真に心躍る一時なのだ。

「いや、滅多に筆を取られぬお人であったが、やはり日誌の類はどこにも見当らぬな」

鷹之介は、孫右衛門の遺品が置かれている棚を見ながら溜息をついた。

「左様でございましょう……」

松之丞は頬笑んで、

「さりながら、先君の字は豪快で、力強い、なかなかの名筆でござりました」

鷹之介の傍へ寄ると、料紙や色紙に大書された孫右衛門の書を覗き見て、懐かしそうに頷いた。

それらは文箱《ふばこ》に収められているのだが、何時《いつ》書かれたものかは、いちいち日付を記していないのでわからない。

だが、書いてはそれを眺め、己が心を落ち着けて文箱にしまうことを繰り返していたわけであるから、

「文箱の下の方にあるものが、殿が幼少のみぎりに認められた書であると思われまする」

と、松之丞は言う。

「なるほど、そのようなものか……」

鷹之介は丁寧に文箱から料紙を取り出し、順番がおかしくならないよう注意して、孫右衛門が遺した書を眺めた。

上にある書には、見覚えのある言葉がいくつかあった。

十四年前とはいえ、十三の折に見かけた書は、まだ心の片隅に残っていて、今また目にすると、かすかにその時の記憶が蘇ってくる。

最初に目にとび込んできたのは、

〝鏡心明智〟

という四文字である。

そういえば、孫右衛門がこの字を認めているのを見かけたことがあった。

「鏡心明智《きょうしんめいち》……。鏡新明智ではござりませぬか？」

孫右衛門の代から学んだ剣の流儀は、桃井春蔵《もものいしゅんぞう》が師範である鏡心明智流であった。

しかし、このところは〝新〟の字を当てる者も多く、鷹之介は不思議に思い、すぐに父へ問うたのである。

「そもそもは〝心〟の字を使《つこ》うていたのじゃ……」

孫右衛門は、珍しく穏やかな口調で応えたものだ。

「戸田《とだ》流抜刀術に〝鏡心〟という型があってな。初代・桃井春蔵先生は、そこから鏡心明智流となされたのだが、おれはこの字の方が好きでな」

なるほどそうなのかと、鷹之介はその時、いたく感心したのを覚えている。

実際、〝鏡心〟と書かれることもあり、二代目桃井春蔵が、道場である士学館《しがくかん》を、日本橋南茅場町《にほんばしみなみかやばちよう》から南八丁堀《みなみはつちようぼり》あさり河岸《がし》に移転させてから〝鏡新〟を使うことが多くなったのだと孫右衛門は言ったが、それも今となっては定かではない。

孫右衛門、鷹之介と二代に亘《わた》って剣を学んだのは、二代目の春蔵直一《なおかず》であった。

直一は、初代・春蔵直由《なおよし》の門人養子で、士学館興隆《こうりゆう》を果したのだが、様々な苦労があったという。

初代・直由が芝神明社《しばしんめいしや》に仰々《ぎようぎよう》しく掲額をしたのが、近くに道場を構える直心影流・長沼正兵衛《ながぬましようべえ》の門人達を刺激し、次々と仕合を申し込まれる事態となった。

直由は病を理由に挑戦を断り、直一が受けざるをえなくなり度々敗北したので、一時、士学館の評判が落ちたことがあった。

これは、直一が上手く挑戦者に勝ちを譲り、直心影流との融和をはかったゆえのことだと、鷹之介は聞いている。

〝心〟から〝新〟への変更は、この辺りの事情が絡んでいるのであろう。

そのように思われるので、孫右衛門と鷹之介は共に師を気遣い、流儀名の変更については何も訊かなかった。

そして、二代目・春蔵直一は、昨年この世を去った。

あさり河岸の士学館は、その後も順調に剣術道場としての威勢を放っている。

門人達の中には、かつての悲哀を思い、今でも〝鏡心明智流〟と記す者が多いのだ。

孫右衛門も同じ想いでこれを書に認め、己が流儀に誇りをもって、番士としての務めをまっとうしたのであろう。

そのように考えて、父の遺した書を眺めると、あまり人となりを知らぬままに別れてしまった孫右衛門という武士について、無性《むしょう》に知りたくなってきた。

思えばこれまで、父への思慕など心に浮かべる余裕もなく生きてきた。

法要をするばかりが故人への供養ではないはずだ。

読経《どきょう》や儀式よりもっと大切なのは、故人を日々思い出し忘れぬことであろう。

鷹之介は、書が認められた料紙の順番を違《たが》えぬよう、慎重に一枚一枚めくっていった。

すると、下の方に、

〝沐浴〟

と書かれた一枚があった。

紙の色合、墨の濃さなどから見ると、〝鏡心明智〟の一枚より、ずっと古びている。

――これはもしや。

鷹之介の頭の中に、ある風景が蘇った。

まだ幼い自分が、夢心地で屋敷の廊下を歩いている。

すると庭の向こうの井戸端に父がいて、水を体に浴びている。

鷹之介は、窺い見た父の顔がいつもより一層厳しかったので、恐くなってすぐに寝床へ戻った――。

それが夢であったのか、現実の思い出なのかわからぬまま、鷹之介は成長したのだが、時折ふとその光景が頭の中に浮かんでは消えるのだ。

幼い時に寝呆《ねぼ》けて夢心地で廊下を歩くのは、珍しいことでもない。

しかし、何度も頭の中に蘇るその光景は、いつも同じなのだ。

輪廻《りんね》転生《てんしょう》というものがあり、人間は迷いの世界で何度も生まれ変わるという話を聞いたことがある。

「生まれ変わる前の自分が見た景色が、夢に出てきたとしてもおかしゅうはない」

と、教えてくれた人もいた。

たとえば前世の自分が見た風景が、夢の中で厳しい父・孫右衛門の姿と重なったのかもしれない。

しかし、あれは確かに新宮家屋敷の廊下であったはずだ。

父は屋敷内に板間を建て増して、十坪ばかりの武芸場を拵《こしら》え、ここでよく居合《いあい》の稽古をしていた。

そして、汗みずくとなった体に、井戸端で水をかけていたものだ。

前世の思い出などではない。

あれは子供の頃に見た、一風景だったのであろう。

しかし、父が武芸に精進し、井戸端で体を清めているというのに、その姿を寝呆けた自分が廊下で窺い見て、何やら恐くなって寝床へ逃げ戻ったなどとは、武士の跡取りとしては、あまりにも情けない。

――夢か現《うつつ》かというならば、頭に浮かぶ光景は、夢であったということにしておこう。

鷹之介はそのように思い決めて、自分の心の内にしまいこんできた。

やがてその風景も、心の内で浮かばぬようになって久しい。

それが〝沐浴《もくよく》〟の書を見て、今再び蘇った。

寒い日の夜ではなかっただろうか。

気合もろとも冷たい井戸水を体にかぶる、父の体からは湯気が立ち上がっていた。

その時の厳しい表情には、ぞっとする凄みがあった。

ただただ厳しく、恐い父であったが、そのような男に十三の時まで育てられたのが、自分にとっては何よりであった。

――父上、やっと貴方様を、一人の武士として、男として、懐かしめるようになりましてござりまする。

鷹之介は、亡き父に語りかけながら、知る限りの新宮孫右衛門の姿を思い出さんと目を閉じた。

六

新宮家は、徳川家三河《みかわ》以来の譜代《ふだい》であるとされる。

しかし、孫右衛門が当主になるまでは、無役の時代が長く続いた。

孫右衛門は、自分が徳川家の旗本としての務めをまっとうしていれば、必ずや道は拓《ひら》けると信じ、武芸の鍛錬に精を出した。

鏡心明智流に剣を学び、たちまち剣名をあげ、小普請《こぶしん》から小姓組番衆の御役を拝命したのは、孫右衛門の並々ならぬ努力の賜物《たまもの》であった。

生一本《きいっぽん》な気性ゆえに、武芸の鍛錬に精進出来たが、同時に頑強な気性は、時に周囲との衝突をも生んだ。

「身に寸分のやましさもなければ、武士は己が志を曲げることはない」

それでも孫右衛門は、何があってもこの精神を貫き通し、いつしかそれが武士の愛敬《あいきょう》というものだと上役から認められるようになった。

「彼《か》の者が控えおるだけで、何やら心強い」

ついには将軍・家斉からそのように称えられるまでになったのだ。

決して己を誇らぬ孫右衛門であったが、小姓組番衆の地位を確かなものにすると、ある日鷹之介に、

「このおれは、新宮家にひと筋の光明《こうみょう》をもたらしたと思うておる。それを確かな輝きにするのがそなたの役目と心得よ」

そのように告げた。

いつも厳しく突き放して息子を育ててきた孫右衛門であるが、この言葉でいかに鷹之介に期待をかけていたかがわかる。

旗本としては花形の小姓組番衆から、聞いたこともない新設の武芸帖編纂所の頭取を命じられた時の鷹之介の悲痛は、父のこの言葉が思い出されたからであった。

孫右衛門の鷹之介への言葉は、老臣の松之丞も聞き覚えている。

「先君が今の殿を御覧になったら、手放しでお喜びになられたと存じまする」

松之丞は、孫右衛門の書を前に、父を懐かしむ鷹之介に、声をかけずにはいられなかった。

鷹之介は、孫右衛門が残した書を、一枚一枚めくりながら、

「お喜びくだされたかのう」

小さく笑った。

「お喜びになったに決まっております」

「ははは、そうかな……。何しろ、叱られてばかりいた。恐い親父殿であったゆえにな」

「先君は殿を、それはもう慈《いつくし》んでおいででございました」

「そのような覚えはないが」

「表には想いをお出しにならない。そういう御方でございましたゆえ」

松之丞は、また新たな文書を取り出して、注意深く手燭《てしょく》をかざしながら言った。

鷹之介は、〝沐浴〟より、さらに文箱の底の方にあった一枚の書に目をやる。

主従の、ほのぼのとした書類整理は続いていた。

鷹之介が新たに手に取ったその一枚には、

〝垢離〟

とあった。

——〝垢離《こり》〟だと?

その字を見て、鷹之介の頭の中に、再びあの夢か現か確としない光景が蘇ってきた。

そういえば、母・喜美《よしみ》は生前、

「まだ四つくらいの時に、あなたは風邪をこじらせて、何日も高い熱にうかされたことがありましてねえ。その時は随分と気を揉《も》んだものです」

と、話してくれたことがあった。

考えてみれば、その時幼い自分は、熱にうかされ夢現の状態で寝床を抜け出して、廊下を歩いたのかもしれない。

〝垢離〟の字は、他の書と比べて筆に乱れがあるように見える。

父・孫右衛門が、夜に井戸端で水を浴びていて、白い湯気を体から立てていた——。

それは、稽古の後の沐浴であったのであろうか。

「爺ィ。わたしが幼い時に風邪をこじらせて熱にうかされた時のことを覚えているか?」

　鷹之介は、夢であったことにしておこうと、心の内にしまいこんでいた光景について、初めて松之丞に問うた。

「はい、もちろん覚えております」

「その時、わたしは夢現に寝床を出て、ふらふらと廊下を歩いたか？」

「そんなこともございましたな」

「その時、父上は井戸端にいて、水を浴びておられなんだか？」

「それを覚えておいでで？」

　松之丞は、はっとした表情となり鷹之介を見つめた。

　その目には強い光が宿っている。

「覚えているかと言われると、真に頼りないのだが、その光景を窺い見て、何やら恐くなって、また寝床に戻ったような……。ではあれは、夢ではなかったのだ……」

「先君はその折、水垢離をなされていたのでござりまする」

「この鷹之介の病平癒《へいゆ》のために……？」

「はい……」

「その時の決意をこれに認《したた》めたのだな」

鷹之介は〝垢離〟の書を松之丞に見せた。

「そのようにござりまするな」

松之丞の目から涙がこぼれ落ちた。

「父上が、この鷹之介のために水垢離を……」

鷹之介の声も感動に詰まった。

寒い夜であったはずだ。父の体からは白い湯気が立っていた。あれは稽古の後の精神修養のための沐浴ではなかったのだ。

父の厳しい表情は、息子の身を案じたゆえのものであったのだ——。

「爺ィ、そのような話を、何ゆえしてくれなんだのだ」

鷹之介は涙を拭きながら、松之丞を詰《なじ》った。

「先君は、表には想いをお出しにならない御方でござりましたから。このようなことは倅には言うてくれるな、陰でするゆえに神仏に想いが届くのだ、そう仰せになりましたので、いつか折を見てお話しいたそうと……」

松之丞は畏まって応えた。

鷹之介は何度も頷《うなず》いてみせて、

「左様であったか。ならば、今日は真によい折であったのう」

「いかにも……。危うく爺ィめも忘れてしまうところでございました」

「ははは、それはよかった」

「畏れ入りまする」

「爺ィ、まだまだ忘れそうになっている父上の思い出話はあろう。しっかりと思い出してくれ」

「畏まってござりまする」

主従は狭い納戸で笑い合った。

「よい父上であった」

「はい。真のやさしさをお持ちでござりました」

「三殿にも早う帰ってもらいたいものじゃのう」

「もしや、先君といずれかで会うておられたことを、今のようにふと思い出されるかもしれませぬぞ」

「いや、存外にどこかで会うていたのかもしれぬが、今の爺ィのように、いつか折を見て話そうと思うているのかもしれぬぞ」

「水軒先生は、先君とよう似たところがござりまするゆえに」

鷹之介と松之丞は、柳生家江戸屋敷に詰めている水軒三右衛門に想いを馳せた。

鷹之介がとりわけ気になっているのは、孫右衛門が将軍家の鷹狩に随身した時の事情であった。

今も謎に包まれている、新宮孫右衛門の討ち死に。

三右衛門がその場に居合わせたとは、十分考えられるが、何かの事情があって決して口外してはならぬと、これまで口を閉ざしてきたのかもしれぬ。

鷹之介は、そのような気がしてならなかったのである。

心の靄《もや》は晴れぬものの、今日の書類整理は随分と身になった。

「爺ィ、長生きをしてくれよ。あれこれ教えてもらいたいこともあるゆえにな……」

ひとまず今は、老臣を労《いたわ》り、孫右衛門の書に父親の情を確かめる鷹之介であった。

第二章　水軒陰流《すいけんかげりゅう》

一

十月十三日は御命講《おめいこう》である。

この日は日蓮上人《にちれんしょうにん》の忌日《きにち》にあたり、芝《しば》の町ではところどころで団扇《うちわ》太鼓を打ち鳴らす音が響いていた。

しかし、町の喧騒《けんそう》などまるで無縁に、水軒三右衛門は宇田川町《うだがわちょう》の西にある、柳生家上屋敷にひたすら籠《こも》っていた。

武芸帖編纂所頭取・新宮鷹之介が、番方の腕利きとの四番勝負にことごとく勝利したことで、編纂方を務めている三右衛門の存在が、柳生家で再び注目された。

気儘《きまま》で我が強く、柳生家からの仕官の誘いも固辞《こじ》してきた三右衛門は、彼の師であった柳生但馬守俊則亡き後は、新陰流から遠ざけられていたが、柳生家としてもこの機会に三右衛門の武芸を見届けておきたかったのである。

柳生家では俊則が隠居して以降当主となっていた、養嗣子《ようしし》の俊豊《としもり》が先頃三十一歳の若さで亡くなっていた。

俊則が亡くなってから、僅か四年後のことであった。

跡を継いだ俊章《としあきら》はまだ十二歳であった。

柳生家は新陰流をもって、徳川将軍家の剣術指南役を代々務めてきたが、まず俊章の育成が求められる事態となっていた。

とにかく今は、新陰流を修めているあらゆる剣客を集め、俊章の指南に当てねばならぬと、躍起になっていたのだ。

しかし、三右衛門については、

「三右衛門などを幼君に付けてよいものであろうか」

「あ奴は、柳生新陰流の達人と言われているようだが、傍ら痛い」

「彼の者の剣は、邪道でござりましょう」

柳生家の中では、そのような声も上がっていた。

それでも三右衛門は、将軍・家斉の思し召しで、武芸帖編纂所に入ったという。

そして、僅か二年の間に、新宮鷹之介が並びなき武芸達者になったのは、三右衛門の力に負うところが大きいとされている。

逡巡《しゅんじゅん》する柳生家に、将軍家から、

「数日の間、水軒三右衛門に指南をさせるがよかろう」

との声がかかった。

かくなる上は是非もない。

柳生家としては、三右衛門をよく知る津田十次郎《つだじゅうじろう》を世話役に立て、三右衛門を招くことにしたのである。

十次郎は三右衛門と同じ年恰好で、俊則から剣才を認められた三右衛門の相弟子であった。

「三右衛門は気難しい男でござりますれば、何と応えることやら……」

十次郎はかねてから三右衛門と交誼《こうぎ》があったが、ここ数年は付合いもなく、先行きを案じた。

三右衛門をよく知るだけに、ただ一人の武芸者として生きてきた三右衛門がどう出るかがまるでわからなかったのだ。

ところが、三右衛門とてかつての師・柳生俊則亡き後の柳生家の混迷が気にかかっていたらしく、

「十次郎殿、久しいのう。おぬしが付いてくれるなら心強い。お望みとあらば、すぐにでも参上仕る」

想いの外《ほか》、あっさりとこれを受けた。

十次郎は嬉しくなって、

「おぬしも、すっかりと武芸者としての風格が身についたようじゃな」

三右衛門を見ながら、つくづくと言ったものだ。

「いやいや、ただ老いぼれて何ごとにも逆らう気力がのうなったというところじゃよ」

三右衛門は照れ笑いを浮かべたが、柳生家の武芸場に入ると、その剣技の鋭さで家中の剣士達を唸《うな》らせた。

柳生新陰流に止まらず、あらゆる武芸を吸収し、術に取り込んでいるのが、真に

新鮮に映ったのだ。

――おれの術が高みに上ったというなら、それは頭取のお蔭よ。

己が剣を見つめ直すと、そこに新宮鷹之介の姿が浮かんだ。

何ごとにも純真な想いで取りくむ鷹之介といると、三右衛門は若き日に一途に剣に打ち込んだ頃の輝きを取り戻すことが出来たのであった。

――おれが頭取を強くしたというが、そうではない。教えられたのはむしろ、おれの方だ。

柳生邸にいると、鷹之介と過ごした武芸帖編纂所が懐かしく、とても恋しく思えた。

しかし、彼が柳生邸に入ったのは、将軍・家斉のお声がかりだという。

剣の師・柳生俊則は、家斉の剣術指南役であった。

それらの恩義を思うと、ここでの務めをしっかりと果さねばなるまい。

決して傲《おご》るつもりはないが、自分は柳生家の家来ではない。

請《こ》われて来たのであるから、思うがままに武芸指南をするつもりであった。

幼君とはいえ、俊章は既に十二歳である。

十三歳で家督《かとく》を継いで苦労を重ねた新宮鷹之介を思うと、恵まれた境遇にある。

大事な若殿であり、周りの者達が甘やかしたとしても、武芸指南に当る時は、一人の武士として相対する覚悟を決めていた。

しかし一抹の不安はまったく杞憂《きゆう》に終った。

初めて会った時から、俊章は三右衛門に対して師弟の礼をとった。

「先生のことは、祖父から何度も伺うております」

しっかりとした物言いで、三右衛門に親しみの目を向けると、

「わたしのことは、英次郎《えいじろう》とお呼びください」

幼名のままでよいと、告げたのである。

「これは畏れ入りまする……」

三右衛門は、まずは自分の負けだと威儀を正した。

実に爽やかであった。

「ならば英次郎殿、まずは家中の誰にも負けぬ剣を身につけていただきましょう」

まだ体が出来上がっていない俊章であるが、柳生宗家の風格と剣技が備わっているべきである。

大人であっても、立合で手加減すると、たちまち叩かれてしまう。それくらいの

実力を身につけさせれば、剣士としての自信と新陰流継承者としての自覚が、すぐに身につくはずだ。

俊章も、正しくそれを求めていた。

三右衛門は、この世に自分が生きた欠片《かけら》をここに残さんとして、ひたすら指南に努めた。

俊章は、これまでも色んな武芸者から指南を受けていたが、精神論に陥らぬ三右衛門の指南に、何よりも心を動かされたらしい。

一日中、飽くことなく、

「本日は、このあたりにしておきましょう」

三右衛門がそう言うまで、武芸場で稽古に熱中したのだ。

二

「英次郎殿、武芸というものは、身につき始めた頃が楽しゅうてなりませぬ……」

三右衛門は、時に俊章に己が武芸についての想いを語った。

「わたしは、先生に習《なろ》うてから、楽しゅうてなりませぬ」

俊章は、どのような時でも素直な笑みを浮かべて応えた。

「正しく身に付き始めたということにござりまするな」

三右衛門は、俊章がかわいくて堪《たま》らぬようになってきた。

いっそこのまま柳生邸で暮らしたい想いにさえなってくる。

色々楽しみを得ると、それだけ心と体が重くなってくる。

いつまでもここに居られぬ身の三右衛門は、俊章に己が武芸者として得たすべての知識と心得を置いていかんとしていた。

「さりながら、武芸は魔物でござりまする。強くなると、さらに強くなりとうなる。やがては人と比べとうなる」

「それは、いけないことですか?」

「いけないことではござりませぬ。そのような想いがのうては、武芸は上達いたしませぬゆえ」

「わたしは、色々な武芸者と立合うて、ことごとく打ち負かしてやりたいと思うておりまするぞ」

「今はそれでよろしゅうござりまする。さりながら、やがてその想いが高じると、武芸に命をかけとうなります」

生と死の狭間に暮らすことを厭《いと》わなくなってくるものだと、三右衛門は説く。

所詮、武芸は斬るか斬られるか、生きるか死ぬかのものである。

戦うための術として編み出されたのであるから〝明日死すとも悔いはない〟、その覚悟が出来た者が武芸者なのだ。

「とは申せ、人間は死ぬために生きているのではござりませぬ。やがて老いて、あの世からお迎えが来るその日まで、天から与えられた命をまっとうせねばなりませぬ」

「先生の仰《おつしや》る通りですね……」

俊章は神妙に頷いた。

「この三右衛門は、命をまっとうするというのが、いかなるものなのか、確とわかりませなんだ」

武芸一筋で生きてきたゆえに、武芸者として命をまっとうするということは、死を恐れずに武芸の高みに上る、それに尽きると考えてしまった。

自分の想いがそうであるゆえ、武芸者を自任する者は、ことごとくそうであらねばならない。

だからこそ、果し合いにおいては、遠慮なく相手を斬ることが出来るのだ。

「明日死ぬ覚悟ができていようとも、とどのつまり人は死にとうはござらぬ。死にとうない想いを、天は人に刻みつけてこの世に送り出すのでしょうな」

死にたくないから、頑張って生きようとする。

死にたくないから、人よりも強くなりたいと武芸者は考え、その心が術の上達を生むのである。

だが、武芸者には明日死ぬかもしれない運命が待ち受けている。

四十半ばを過ぎた今の三右衛門は、落ち着いて死を受け止めることが出来るが、若い頃は乱暴に気を奮い立たせたり奇行に走ったりして、紛らせていた。

それによって世間との断絶が起こり、自棄《やけ》になったりもした。

「ははは、随分と生き方を窮屈《きゅうくつ》にしたものでござりまする」

三右衛門は、よく師・俊則に叱られ、ほとぼりを冷ますかのように武者修行の旅へ出た、己が過去を笑いとばした。

「主家《しゅか》を持たず、何かというと武者修行の旅に出る……。そのような生き方は、窮屈とは思えませぬが……」

俊章は小首を傾げてみせた。

「いや、これは英次郎殿の申される通りでござる……」

三右衛門は頭を掻いた。

俊章は、実に聡明《そうめい》である。理屈をよく捉えている。

「三右衛門の申しようが悪うござりましたな。こういうことでござりまする。己が意地を貫いて、気儘な生き方をすると、世間が狭《せも》うなって窮屈な想いをする……。それがおもしろうないゆえ、一人で旅に出てばかりになる。そのうちに人から忘れられるようになる。それでますます気持ちがひねくれる……」

三右衛門は、強くなりたいからと、むきになってはいけない。むきになると、身に付くべき武芸も半減してしまうのだと、さらに説いた。

「わたしは、大名の世継であるゆえ、随分と窮屈な想いをしているが、武芸においてはあれこれ考えずに、伸び伸びと励めばよい。そういうことですか？」

俊章は澄んだ瞳を三右衛門に向けた。

「いかにも！」

三右衛門は膝を打った。

父親と早くに死に別れ、柳生家という剣客にして大名という難しい生き方を強《し》いられる運命に、俊章はある。

余の者ならば、家中の者達に大事にされるのをよいことに、甘えが出てしまったり、柳生家の当主であることに悩み、無茶をしかねないであろう。

それをこの少年の当主は、しっかりと頭でものを考えつつ、色々な武芸者と立合《たちお》うて、ことごとく打ち負かしてやりたいという、気概をもって稽古に臨んでいる。

「英次郎殿は、必ずや大名として、武芸者として、立派に人を導く御方になりましようぞ。今からこの三右衛門の自慢にござりまする」

三右衛門は、新宮鷹之介と出会ってから、人を誉める喜びを知った。

それは、彼の人生の中で何よりも素晴らしい境地であった。

武芸帖編纂所から離れて、この柳生邸でその喜びを味わえるとはついている。

鬼神のごとき武芸者と思っていただけに、俊章は三右衛門の喜びようが嬉しくて、

「先生、まだ自慢できるほどの武士になってはおりませぬ。まず十年後に、わたし

を見て誉めていただきとうございます……」

さらに喜ばせるような言葉をかけたものである。

「ならば、そうさせていただきましょう」

三右衛門は笑顔で応えたが、

――十年後か。

これから先の自分にとっては、余りにも重い年月だと、心の内では苦笑いを禁じえなかった。

三

津田十次郎は、柳生家で目付《めつけ》を務める父の次男として生まれた。

次男の気楽さもあり、柳生家の流儀である新陰流に打ち込み、その実力を認められた。

水軒三右衛門とは、大和《やまと》柳生の里で修行をしている頃に知り合った。

紀州《きしゆう》の庄屋の次男である三右衛門には、父親が奉公人に手をつけて生ませたという曰《いわ》くがあった。

それゆえに異母兄には辛く当られ、確執が続き、彼は家を出たのである。

既に和歌山《わかやま》城下の剣術道場で、武芸の才を開花させていた三右衛門は、己が身の不遇を忘れんとして、柳生の里でも目を見張る上達を遂げていた。

出生から成長までの間、複雑な事情に翻弄《ほんろう》されてきた三右衛門は、それゆえにひねくれたところがあった。

十次郎は、同じ次男でも、

「お前は文武を極めよ。さすればきっと人は認めてくれよう。一度《ひとたび》認められると、方々から引きがくる。そうなれば、お前は津田の家に縛られることなく、己が道を行ける。何よりではないか」

と、父親から説かれ、柳生の里での修行にも父親は理解を示し、暮らしの後押しもしてもらったから、人間がおっとりとしていて素直であった。

「三右衛門、おぬしは大したものじゃのう。おれは、おぬしの太刀筋を覚えたゆえ、真似をさせてもらうぞ」

などと何ためらうことなく真顔で相弟子を称える十次郎には、三右衛門も、心を

動かされるものがあったので、

「柳生様の御家中に、おぬしのような武士がいると、この三右衛門も心強うござるぞ」

そんな言葉も素直に出た。

同じく相弟子であった和平剣造《わひらけんぞう》は、十津川郷士《とつがわごうし》の出で、彼もまた庶子《しょし》として生まれ、外腹の子として蔑《さげす》まれた過去を持っていた。

その屈託を武芸の鍛錬で晴らすのも三右衛門と同じで、剣技抜群。似た者同士だけに衝突ばかりをしていたものだが、

「三右衛門と剣造は、争いながら共に腕を上げておるが、それはずるい。おれ達が取り残されては困る」

十次郎が詰るように語りかけて間に入ると、喧嘩はすぐに収まるのだ。

やがて相弟子達は皆、柳生の里から巣立った。

三右衛門と剣造は、剣の師・柳生俊則の門人として江戸に出て、師の代稽古をそれぞれ務めるまでになった。

津田十次郎もまた江戸へ出たが、彼は文武の才を買われ、定府《じょうふ》となり柳生家の

近習《きんじゅう》として新たに禄を賜ったのである。

俊則の養嗣子で、俊則の隠居の後、当主となった俊豊からの信厚く、その継嗣である俊章の傅役《もりやく》の一人となった。

「十次郎、おぬしは立派になったのう」

人の幸せにはまったく無頓着《むとんちやく》であった三右衛門も、江戸で十次郎と顔を合わせた時は、素直に喜んだが、何かというと旅に出る三右衛門は、やがて十次郎と疎遠《そえん》になっていった。

だが今は、俊章の用人《ようにん》として側近く仕える十次郎は、剣術指南に当る三右衛門の世話役でもあるゆえに、夕餉の折はほぼ毎日、三右衛門と酒食を共にし、語り合っていた。

まず話は、先頃、星川理三郎《ほしかわりさぶろう》という剣客を果し合いの末に見事に討った後、病に倒れ帰らぬ人となった和平剣造についてとなった。

剣造は、師・柳生俊則から素行を叱責《しつせき》されてからというもの、長く旅へ出ていて、やっと三右衛門がその姿を江戸で見つけた時には既に病に冒されていた。

ずっといがみ合ってはいたが、剣によって心が繫《つな》がり、果し合いを見届けて、

「思えば某の腕が上がったのは、剣造のお蔭であったとつくづく思えてのう」

と、かつての相弟子を偲《しの》ぶ三右衛門の姿を前に、十次郎は涙した。

そして、三右衛門が柳生家上屋敷へ入ってから半月がたったこの日の夜、

「三右衛門……、いや、水軒三右衛門先生……」

十次郎は、三右衛門の前で威儀を正した。

そんな呼び方は、二人の時は無用だと言いたかったが、何か柳生家としての話があるのであろうと、

「津田殿、何か出来《しゅったい》いたしましたかな」

三右衛門もまた姿勢を改めて、十次郎に向き直った。

「何かが出来したわけではござらぬ。殿が水軒先生に、このまま柳生家に落ち着いてくださらぬかと仰せでござりましてな」

「某が御当家に落ち着く……」

仕官せよとのことかと、三右衛門は小首を傾《かし》げた。

俊章が自分を気に入ってくれているのはわかっていた。

それは三右衛門が、俊章の望みに応え、懸命に剣術指南をした誠意が伝わったゆ

えであろう。

聡明な俊章は、水軒三右衛門の来《こ》し方を彼なりに捉《とら》え、今さら仕官などを望んでいないと理解していた。

しかし、自分が敬慕していることを、三右衛門はわかってくれているであろうから、

「あるいは……」

という想いがあったのに違いない。

俊章は自分の口から切り出すと、三右衛門も困ってしまうであろうから、かつての相弟子で、今も交誼《こうぎ》を結んでいる津田十次郎の口から、さりげなく持ちかけてくれるように申し付けたのだ。

まだ十二歳だというのに、真によく心得た仕儀である。

そう思うと、俊章の気持ちが健気《けなげ》で、三右衛門の胸は締めつけられた。

「真に泣かせることを仰せじゃのう……」

三右衛門は、しばし沈黙した。

十次郎には、それで答えがわかる。

「ふふふ。まず、できぬ相談じゃと笑うておいでであったがな」

よい頃合でそう告げた。

「どこまでも心得た御方じゃのう」

三右衛門は苦笑して、

「そのお心は、某の終生の宝にござれど、まだいくつもし残したことがございまするゆえ、この儀ばかりはお許し願いとうござる……」

深々と頭《こうべ》を垂れた。

「さもあろう。おぬしの答えはわかっていたが、これも務めゆえお伝えいたした。気を煩《わずら》わせてしまいましたな」

十次郎は恭《うやうや》しく頭を下げた。

たとえ見知った仲でも、時宜《じぎ》に応じて礼を尽くすことが出来る――。

それが十次郎という男であったと、三右衛門は懐かしくなり、

「いや、おぬしの顔を立てられいで、真に面目《めんぼく》ない」

謝まりつつも笑みがこぼれた。

「なんの、そういう三右衛門であるからこそ、殿も欲しゅうなるのよ」

ここは友としての顔を見せて、十次郎も相好を崩した。

「武芸者として、色々とし残したことを為すか……。おれは宮仕えの中で剣術を修めてきたゆえ、気がつけばこの歳になっていた。だが、おぬしには、おれなどが思いもつかぬような因縁が、これまで絡みついてきたのであろうな」

三右衛門ほどの武芸者となれば、未だに持ち越している仕合や、術の伝授などがあるのであろう。

十次郎は、黙ってゆったりと頷く三右衛門を見て思い入れをした。

柳生家家中の子として生まれたが、嫡男でない自分は武芸に生き、その先には様々な波乱が待ち受けているのではないだろうかと、若い頃は勇ましい夢を見た。

正しくそのような人生を歩んできた水軒三右衛門とこうして日々語り合っていると、あの頃の自分を思い出して、何やら落ち着かなくなるのだ。

三右衛門は、四十半ばを過ぎて、ふと心が後戻りする男の気持ちがわかる。

「十次郎、ゆめゆめおれの来し方を羨《うらや》ましがるではないぞ。おれもまた、お前の来し方が羨ましゅうなるゆえにな」

きっぱりと言った。

人にはそれぞれの運命があるのだ。

信義を尽くせば、人はそれぞれの立場で違う生き方をしなければならない。

大事なのは、いかなる状況におかれても、死力を尽くしてそれをまっとうせんとする一念なのである。

己が心に誓って、

「できる限りのことはした」

と言えるのならば、人の生き様について、誰がよくて誰が悪いと決められるものではない。

人を羨むようでは、自分で自分の来し方を否定していることになるのだ。

「三右衛門の言う通りだ。おぬしを羨ましがっては、おれをここまで守り立ててくれた人達に申し訳が立たぬな」

「左様」

「だが、し残したことは、今すぐに為さねばならぬのか？　四十半ばとはいえ、まだもう少し刻《とき》があろう」

「そう思うた時もあったが、和平剣造の死に立ち会うと、悠長に構えてはおられぬ

ように なったのじゃ」

「その気持ちはようわかる。ならば近々、暇《いとま》を乞うつもりか？」

「うむ。殿様は真にようできた御方じゃ。武芸をいかにして学べばよいか、それをお伝えした上は、もはやおれに用はない」

「そうかな……」

「殿様にとっては、水軒三右衛門というおかしな武士が珍しいのであろう。だが、珍しいものはすぐに飽きるものじゃ。際物《きわもの》はどこまでも際物にすぎぬよ」

「変わらぬ男よのう」

「それが水軒三右衛門の、ただひとつの取柄《とりえ》じゃよ」

二人の武士は爽やかに笑い合った。

「ならば友として、柳生家用人として頼みたい」

「何なりと」

「殿がお喜びになるような置き土産を残してくれ」

「置き土産のう……」

「人でも物でも構わぬ」

「物はないが、人ならば心当りがある」

「それは真か？」

「二言はない。但し、ひとつだけ願いがあるのだが……」

四

「これ、そのように畏まらずともよい……」

大和柳生家の若き当主・柳生俊章の声は弾んでいた。

彼は今、江戸上屋敷の武芸場にいて、一人の剣士を引見していた。

脇に控える家来は津田十次郎一人。

武芸場の隅には、男装の女武芸者が一人、平蜘蛛《ひらぐも》のごとく這いつくばっていた。

寒々しい冬の武芸場は、ただその者がいるだけというのに、温かみに充《み》ちている。

「ここは武芸場じゃ。そなたもわたしも、同じ武芸に打ち込む者。それでは木太刀も袋竹刀《ふくろしない》も振れぬぞ」

俊章は続けた。

「はは――ッ」

勇ましく返事した剣士は、十二歳の俊章よりも尚、幼なくて体つきも細くて小さい。

彼は、遠藤鍊太郎《えんどうれんたろう》という。

今武芸場の隅に平伏している女武芸者・遠藤登世《とよ》の息子であった。

登世の母は、向田秀《むこうだひで》という小太刀の遣い手で、柳生の里で修行をしていた頃があり、そこで密かに若き日の和平剣造と通じ、誰も知らぬまま彼の子を身ごもった。

剣造は亡くなる直前に、会ったこともない娘がいるらしいと三右衛門に告げていた。

秀は〝気炎《きえん》流小太刀術〟の継承者で、子にそれを継がせんとして、小太刀にかけては右に出る者がなかった、和平剣造の子を授かろうと思ったらしい。

そして生まれたのが登世で、彼女は娘の頃を武芸一筋で過ごし、やがて小太刀の名手と結婚し、鍊太郎を産み、彼に〝気炎流〟を相伝《そうでん》せんとした。

だが五年前に夫は剣術における争いごとに巻きこまれ命を落し、登世は細々と女相手に小太刀を教え、鍊太郎を育てたのである。

水軒三右衛門は、相弟子であった和平剣造の死後、彼が想いを残した母子の存在を突き止めて、二人の手助けをした後、別れて再び武芸帖編纂所に戻った。

登世は三右衛門を慕い、三右衛門もまた錬太郎を子として育ててもよいとさえ思うまでに至ったのだが、

「この歳になって、今さら妻子を持って暮らすのはやはり無理でござるよ」

と、新宮鷹之介に辛い胸中を打ち明けて、以前の暮らしに戻ったのだ。

会えば未練が残ると、三右衛門はその後一切母子に会わなかった。

三右衛門の心中を察した鷹之介は、何くれとなく母子の面倒を見てきたが、

「いつまでも頭取のお手を煩わすわけにも参りませぬゆえ、いつか落ち着く先を某が見つけて参りましょう」

その時は、鷹之介が見つけたことにして、送り出してやってもらいたいと、三右衛門は言っていた。

三右衛門の頭の中には、母子をいずれかの剣術道場に客分として寄宿させてはどうかという想いがあった。

しかし、なかなかこれというところが見つからなかった。

鍊太郎はまだ幼い。

どこかの道場に入門させ、剣術を学び、あらゆる小太刀術に触れ、それを〝気炎流〟に取り込み、名も知られておらぬこの小太刀術を大成させていくのが何よりであろう。

そして、柳生家上屋敷に逗留《とうりゅう》するうちに、

——母子共々、柳生様の許に身を寄せられるなら、それが何よりじゃ。

と、閃めいたのである。

鍊太郎は、柳生俊章に剣の弟子として仕えればよい。

俊章は十二歳、鍊太郎は八歳。

師弟としての取り合せは悪くなかろう。

俊章の剣は、既に大人の域だが、まだあどけない一面を残している。

自分よりさらに幼少の弟子がいれば、俊章にとっては楽しみが出来るであろう。

さらに、弟子がいると励みになるし、新陰流を背負って立つ身に自覚が生まれるはずだ。

母の登世は、新陰流の小太刀術を学びつつ〝気炎流〟を鍛え、その成果を屋敷に仕える女達に伝授すればよい。

ここは市井《しせい》の剣術道場ではなく、柳生家の大名屋敷である。

屋敷には奥向きがあり、柳生家の女中達であるゆえ、小太刀を遣えねば恰好がつくまい。

登世の実力があれば、御家の別式女としての役割を申し分なく果すことが出来るであろう。

剣友・津田十次郎は、

「殿がお喜びになるような置き土産を残してくれ」

と、三右衛門に言った。

これならば、きっと俊章も喜んでくれよう。

十次郎は三右衛門の意を受け、すぐに俊章に伺いを立て、

「まだ八つの武芸者か、これはおもしろい。母者《ははじゃ》は柳生で新陰流を修めた和平剣造なる者の娘となれば、我らと繋がりもある。何よりも水軒先生が、これと薦めるのであるから確かであろう」

と、快諾を得た。

三右衛門は、武芸帖編纂所に文を送り、

「遠藤母子の落ち着く先が、柳生様の御屋敷に決まりそうにござりまする。これについては、柳生家家中において手配をいたしまするゆえ、落ち着くまでは何卒、お見守りくださりまするよう願い奉ります」

との由《よし》を、頭取・新宮鷹之介に伝え、晴れて今日の対面を迎えたのであった。

三右衛門はその場に立会わなかった。

水軒三右衛門が、柳生邸に逗留していることは、登世と錬太郎には告げていなかったし、この度の話はあくまでも柳生侯のお召しでなければならなかった。

登世は、三右衛門と柳生家の関わりを知っているので、この話に三右衛門の影を感じたが、津田十次郎が使者に立ち、

「某はかつて、水軒三右衛門殿、和平剣造殿と、同じ頃に柳生の里で修行を共にした身でござってな。先だって、三右衛門殿から錬太郎殿の噂を聞いて、参った次第にござる」

と言うと、三右衛門がさりげなく錬太郎を推挙してくれたのであろうと受け止め、心の内で手を合わせた。

十次郎はさらに、

「登世殿の母御・秀殿のことも、某は覚えておりましてな。柳生の里で小太刀を学ばれたことを思うと、それが登世殿と錬太郎殿に受け継がれているはず。我が君の許で修行をなされるがよろしい。これも何かの縁でござりましょう」

そのように説いた。

元より登世と錬太郎に異存はない。

母・秀も修行をしたという柳生の里の殿様である俊章に召されたのだ。否《いや》も応もなかったのだ。

十次郎は、浅草《あさくさ》の新鳥越町《しんとりごえちょう》の母子の小さな道場で稽古を見て、自らも稽古場に立ち、共に組太刀をした。

水軒三右衛門が口を利いたのだ。まず腕に間違いはなかろうが、十次郎にとっても、向田秀が柳生の里の道場に通っていた頃が懐かしく、武芸者としての血が騒いだのである。

――なるほど、三右衛門の言った通りである。

十次郎は母子の武芸に満足をした。

登世の小太刀は男にも引けはとるまい。

錬太郎も、八歳とは思えぬ体の動きを見せてくれる。

あらゆる武芸者の血を受け継ぎ、武芸者になるために生まれてきた男子といえる。

しかも、水軒三右衛門がこの道場に少しの間ではあるが出稽古をしたことで、技に磨きがかかったらしい。

しかし、盛り場と田圃《たんぼ》に囲まれた目立たぬ町道場にいては、なかなか世に出ることもままならぬであろう。

いかに素質があったとて、女と幼な子の武芸になど、世間の者は見向きもしまい。

十次郎は三右衛門が、置き土産にこの母子を選んだ意図がよくわかった。

登世と錬太郎は、勇んで芝の柳生邸にやって来た。

もちろん、水軒三右衛門がここに逗留していることは知らなかった。

三右衛門がいれば、どれほど心強かったかと思ったが、甘えは三右衛門にのしかかるであろうし、母子は落ち着いて俊章の話に耳を傾けていた。

「先生は何ゆえ、立会おうとはなさらぬ」

三右衛門は、俊章に問われ、

「某が傍におりますれば、英次郎殿が気に入らなんだ折に、遠慮なされるやもしれませぬ。母子についてはあくまでも柳生家当主として、思うがままにお決めくださりますように願いまする」

このように応えていた。

登世と交わした恋情を、柳生家に持ち込みたくなかったからだ。

そして三右衛門は、俊章が錬太郎にあれこれ話しかけ、

「言葉を交わしているだけではつまらぬ。錬太郎、わたしと組太刀をいたそうではないか」

遂に稽古場へ出て演武を始める姿を、道場の一間からそっと窺い見ていたのである。

十二歳とは思えぬ大人の考え方をする俊章も、そこは無邪気なもので、三右衛門の言葉を純粋に信じ、一目見て気に入った錬太郎を相手に木太刀を揮《ふる》うその姿は、幼気《いたいけ》なものであった。

「英次郎殿、くれぐれも三右衛門がお傍近くにいることは御内密に願います」

三右衛門は幼君にそれだけを告げて、感慨深げに登世と錬太郎の姿を覗き見てい

た。

――登世殿、錬太郎、少しは役に立てたようじゃな。まだまだこの先も試練は続くであろうが、励むのじゃぞ。

二人の姿を見られた喜びと、見るべきではなかったかもしれぬという悔恨が、三右衛門の心と体を忙しなく駆け巡っていた。

五

柳生俊章は、遠藤登世、錬太郎母子を上屋敷に引き取ると決めた。

錬太郎は内弟子として、登世は奥女中達への小太刀指南役として召し出すのだ。

錬太郎は柳生家に仕官をするのではなく、俊章の武芸における内弟子となる。

登世には指南役としての役料が与えられる。

俊章の許で、錬太郎が一廉《ひとかど》の武芸者となり新陰流を修め、気炎流の継承を柳生家から認められる。

わずか一万石の大名とはいえ、柳生家は代々、将軍家剣術指南役を務める名家である。

二人を迎え入れるくらいの余裕はあった。

五日の後に、登世と錬太郎は柳生邸に長屋も与えられ、移り住むこととなり、夢心地で一旦武芸場を辞した。

俊章はすぐに三右衛門を呼び、

「先生は真によい置き土産をくだされた」

と、喜びを伝えた上で、

「登世殿を妻とし、錬太郎の父となり、この英次郎と共に鍛えてくれたら、どれほどよいであろう」

やがてくる三右衛門との別れを憂えた。

三右衛門は静かに笑みを湛《たた》え、俊章の言葉を聞いていたが、俊章の人を見る目の鋭さに舌を巻いていた。この若き大名は、三右衛門の名が出た時の登世の表情などを見て、彼女が三右衛門を慕っていると悟ったらしい。

とはいえ、男女のどうしようもない機微《きび》に思いが至るほど大人びてはいない。

「ははは。この老いぼれが今さら妻を娶《めと》るなどとは、お戯《たわむ》れを……」

という三右衛門の応えには、

「そのようなものかな。わたしにはわからぬが……」

純真な表情を浮かべて残念がった。

「先生は、いよいよここを出ていかれるか」

「はい。置き土産をいたしました上は、いつまでもおられませぬ」

「上様のお勧めもあり、数日の間指南を願いたいとお招きいたしたゆえ、お引き止めもできませぬが、真にお名残《なごり》惜しゅうてなりませぬ」

「ありがたきお言葉にござりまするが……」

「色々し残したことがある、のでござるな」

「畏れ入りまする」

「水軒陰流……」

「水軒陰流……？」

「柳生新陰流を名乗りとうない時は、そう名乗ればよろしい」

「この三右衛門に、新たな流儀を……」

「先生はそれだけの武芸者でござる。これは、柳生家当主のわたしが認めましょう」

俊章はにこりと笑った。

三右衛門がし残したことについて、彼は深く問わなかった。

しかし、武芸者がこの世にし残したことがあるといえば、そこには不穏な気が漂う。

遠藤錬太郎以上に、武芸者の血を受け継ぎ、生まれた時から修羅道《しゅらどう》を歩む俊章は、三右衛門の言葉を重く受け止めていた。

そして、何かというと、

「柳生新陰流の名を汚してはいけませぬぞ」

と、周囲の者から言われてきたゆえに、流儀が三右衛門の動きを鈍らせることもあろうと、幼君は何か餞《はなむけ》になるものはないかと智恵を絞ったのだ。

「これほどのことはござりませぬ。水軒陰流……。何かの折は名乗らせていただきまする」

深く感じ入りながら、三右衛門は平伏をした。

「きっとまたここへ、出稽古を頼みましたぞ」

きらきらと光る俊章の双眸《そうぼう》を胸に刻み、翌日、三右衛門は柳生邸を出て姿を消したのである。

第三章　急転

一

大和柳生家家臣・津田十次郎は、水軒三右衛門と別れた後、赤坂丹後坂の武芸帖編纂所を訪ねた。

気炎流小太刀術の継承者である、遠藤登世、錬太郎母子が、晴れて柳生家に迎え入れられることになったと、報告をするためであった。

十次郎は、頭取の新宮鷹之介以下、編纂所の面々の歓待を受けた。

鷹之介は、母子に対して何くれとなく気遣っていたので、三右衛門が推挙したと知り、

「さすがは三殿、その辺りは抜け目がない……」

と、まずは喜んで、

「あれこれと忝《かたじけの》うござった。殿様には何卒よしなにお伝えくださりませ」

十次郎に威儀を正した。

「畏れ入りまする……」

十次郎は大いに感じ入った。

以前から、新宮鷹之介と武芸帖編纂所の噂は聞き及んでいた。

柳生家の臣で、新陰流の遣い手でもある津田十次郎である。随分と興をそそられていたところ、水軒三右衛門からさらに詳しく聞いて、

「これは、お訪ねするのが楽しみじゃ」

と、期待に胸をふくらませていたのである。

そして訪ねてみると、頭取は想像以上に爽やかで、その身のこなしからは、いかに武芸をよく遣いこなす武士かが窺われる。

武芸帖編纂所というから、いささか堅苦しい役所を頭に描いていたが、武芸場はほどよい大きさで、編纂方・松岡大八、書役・中田《なかた》郡兵衛《ぐんべえ》、女中のお光《みつ》に至るまで、

飾らぬ人柄で伸び伸びとしている。

「あの、ひねくれ者の水軒三右衛門が、二年もの間勤めたのが、ようわかりましてござりまする」

剣友として、三右衛門の充実ぶりが嬉しかったのである。

「して、三殿は、し残したことがあると言って御屋敷を？」

鷹之介は、少しでも早く三右衛門に会って、あれこれ話をしたかったというのに、どこかへ寄り道をしているようだと溜息をついた。

「深くは問いませんでしたが、頭取に心当りがござりませぬか」

十次郎は、少し怪訝《けげん》な顔をしたが、

「それはきっと、あの男のいつもの方便《ほうべん》でござりましょう」

大八が言葉を挟んだ。

柳生俊章に慕われ、柳生邸を去り辛くなり、〝し残したことがある〟などと言って立ち去ったのに違いないというのだ。

思えば、照れくささを皮肉や、悪戯っぽい言動でかわすのが、三右衛門の憎めないところなのだと、一同はそれぞれ懐かしがったものだ。

「津田殿、雑作《ぞうさ》をかけましたな。ここへはいつでも気が向いた時にお越しくだされ。共に武芸に励みましょうぞ」

「ありがたき幸せにござりまする……」

大喜びで、役目を終えた津田十次郎が立ち去ると、その翌日に遠藤登世が錬太郎を伴い、挨拶にやって来た。

鷹之介がこれを歓待したのは言うまでもないが、この日は登世に小太刀を学んだ、三味線芸者・春太郎こと富澤春が駆けつけて、

「なるほど。水軒先生がいったん姿を隠したのは、この場にいるのが照れくさいからなのでしょうねぇ」

と、編纂所にいない三右衛門に想いを馳せた。

三右衛門が、数日前まで柳生家上屋敷にいて、若殿の稽古を指南していたことは、津田十次郎からそっと告げられていた登世であったが、三右衛門に気遣った十次郎は、母子に柳生侯からのお召しがあった日については、

「既に水軒先生は、屋敷を出られた後でござった……」

と、取り繕っていた。

三右衛門は、あくまでも柳生侯が登世、錬太郎母子の評判を聞き及び、二人を召したことにしなければならないと、こだわりを見せた。

とはいえ、柳生家と三右衛門の関わりを知る登世は、

――その我らの評判というのは、水軒先生が立てられたものに違いない。

柳生家の名を聞いた途端に、そう確信していた。

「いかにも水軒先生らしゅうございます」

登世は、春太郎の言葉を受けて、しみじみと言ったが、

「わたくし共母子が、殿様からお声をかけていただいた折、水軒先生はまだお屋敷にいて、我ら母子をそっと見守ってくださっていたと思います」

と、頰を赤らめた。

鷹之介は、登世の勘に驚いたが、何と声をかけてよいかわからず、春太郎を見た。

こういう話は、彼女が誰よりも当を得た応えを返してくれるはずだ。

「それがわかりましたか？」

春太郎は、満面に笑みを浮かべて、さらりと言った。

「登世先生にはわかるのでしょうねえ。姿は見えなくても、水軒先生のぬくもりが

伝わってくるのでしょう。まったく羨ましゅうございますよ」

「はい。わたくしも、女でございますからねえ……」

珍しく、登世がおどけてみせるのを、錬太郎は目を丸くして見ている。

「そっと見ているのが、ばれちまっているってえのに、あの先生はどこで何をしているんでしょうねえ……」

春太郎が嘆息《たんそく》すると、男達の沈黙を尻目にお光が、

「会えば未練が残る、なんて思っているのかもしれませんけどね。どうせ未練は残るんだから、ここにいて一目会えばいいんですよう……」

一端《いっぱし》の口を利いた。

男達の表情が和らいだ。

思えばお光も十八である。物言いがはきはきとしていて男勝りなので、まだ子供だと思っていたが、もう大人の女なのだ。

そんな想いも何やら新鮮で、ほのぼのとするのであった。

登世も実に晴れやかな表情となって、

「いえ、それでよいのです。わたくし達母子に会おうとせずに姿をお隠しになる

……。それがまた水軒先生のおやさしさでございますから……」

今も、どこからか三右衛門が、そっと自分達の姿を見てくれているかのような心地がすると、笑顔で応えたのである。

松岡大八は大きく頷いて、

「まあ、そのうちに三右衛門も、何ごともなかったかのように、登世殿と錬太郎殿の前に姿を現わすことでござろうよ。そうでなければ、柳生様の許に推挙するはずがない……」

と、よく響く声で言った。

今度の柳生家上屋敷への出稽古は、将軍家のお声がかりであったと聞いている。

柳生家は三右衛門にとって恩義のある大名であるから、きっとまた何かの折に顔を出さねばならなくなろう。

その時は、否が応でも、遠藤母子と顔を合わさねばなるまい。

それくらいのことは、三右衛門も承知の上で、母子の名を持ち出したはずなのだ。

「大殿の言う通りじゃな」

鷹之介は相槌《あいづち》を打った。

三右衛門は、登世と錬太郎には会わぬつもりだと言ったが、それは母子への熱い想いに突き動かされていたからだ。

少し時が経てば気持ちも落ち着いて、一人の武芸者として、母子の成長ぶりを確かめてみたくなるに違いない。

鷹之介はそのように見ていた。

「そこから、どう動いていくか……。それが楽しみですねえ……」

春太郎はうっとりとした表情で登世を見て、再び登世の頰を赤らめさせた。

「せっかく皆様にお目にかかったのでございます、少しばかりお稽古をつけていただけますれば幸いにございます」

登世はそれが照れくさいのであろう。鷹之介に武芸場での稽古を乞うた。

「うむ、それは何よりでござる」

鷹之介は快くその申し出を受け、それからすぐに登世には小太刀の型稽古を、錬太郎には刀法の立合稽古をつけてやった。

大八、春太郎に加えて、郡兵衛、お光も参加し、実に賑やかな壮行の稽古となったのである。

鷹之介は稽古に気合を集中させた。三右衛門のことが心の隅に引っかかるのを汗をかいて忘れんとしたのだ。

津田十次郎は、三右衛門について、

「し残したことがあると言って、屋敷を出ました……」

と、言った。

大八は、柳生俊章に慕われ、柳生邸を去り辛くなったゆえの方便であろうと言った。春太郎はというと、登世と錬太郎が武芸帖編纂所に訪ねてくるのを予期して、会えば照れくさいゆえに、そんな理由をつけて間を空けたのであろうと笑った。

言われてみればそんなところであろうと思えてくる。

しかし、会ってあれこれ話したい時に姿がない三右衛門に、

――何かがある。

と、今までになくすっきりとしないものを、鷹之介は感じていた。

それは、

――三殿は、会っていないと言いながら、実は父上と会っていたのではなかったか。

という疑念を再び蒸し返し、鷹之介の胸の内を騒がせていたのである。

二

遠藤登世と錬太郎は、柳生家上屋敷に迎えられ、新たな暮らしを始めた。

これからその充実ぶりが、津田十次郎を通じて報されることであろう。

春太郎の話では、浅草新鳥越町の道場で、登世から小太刀を習っていた町の女達は、別れを悲しんだという。

せっかく武芸に触れられたというのに、師を失ったのであるから当然である。

武芸帖編纂所頭取として、新宮鷹之介は武芸の継承、普及にも力を入れねばならぬと日頃から考えている。

「これから先も小太刀術を習いたいという者がいるならば、近くに稽古場を借りて、時折は指南役を送るように取りはからおう。春太郎、そなたその由を伝えてはくれぬか」

鷹之介は、足りぬ掛かりは武芸帖編纂所が補塡《ほてん》するゆえ、稽古を続けたい者は諦めぬようにと告げた。

「鷹旦那……、いえ、殿様、それは皆喜びます。わっち……、いえわたくしも鼻が高うございます」

春太郎は、芸者ではなく、角野《かどの》流手裏剣術の継承者・富澤春の顔となって頭を下げたものだ。

登世が教えていた弟子といっても、ほとんどが酌婦、芸者、夜鷹《よたか》、やくざ者の女房など、時に身を守らねばならない境遇の町の女であった。

そんな連中に、そこまで気を遣ってやるなどとは、まったくおめでたい殿様であるが、誰であろうと武芸に打ち込む者には、稽古が出来る機会と場を用意してやりたい。

鷹之介は心からそう思っている。

春太郎には、そういう純粋な精神の持ち主が身近にいることが、感動であり驚きであるのだ。

「なに、大したことでもない。編纂所には月々十両が下されているし、上様から幾度か褒美《ほうび》を賜っているのでな」

それで、食い詰めている武芸者に、僅かながらも謝礼を渡してやることが出来れば何よりだと、鷹之介は考えていた。

「そんならさっそく訊いて参りましょう。それにしても、ほんに私利私欲のないお方でございますねえ」

春太郎は深く感じ入ると、かつて遠藤登世の稽古場に集っていた女達に、この朗報を報せに勇躍出向いたのであった。

——やっぱりわっちは好きだねえ、鷹旦那……。偉いお人になっていくのが、男としてはちょいと困るが。

そんな風な一抹の寂しさを胸の内に秘めながら——。

鷹之介は、自ら仕事を拵《こしら》える男である。

春太郎の複雑な胸中を解することなく、登世の代わりになる武術師範を探し始めた。

だが、登世と錬太郎が、柳生家上屋敷へ入ったというのに、それを知っているはずの水軒三右衛門は、未だ編纂所に帰ってこなかった。

「いかがなされたのでしょうな」

さすがに新宮家の老臣・高宮松之丞も気になり始めていた。

三右衛門が、鷹之介の亡父・新宮孫右衛門と、どこかで会っていたのではないかという疑念は、そもそも松之丞が認めていた日誌によって生まれたのだ。

松之丞もまた鷹之介同様に、三右衛門の顔を見たくて仕方なかったのである。

そうこうするうちに、若年寄・京極周防守から遣いがきた。

「明日、屋敷へ参るように」

とのことである。

「いよいよ、五番勝負でござりまするな」

編纂所では松岡大八が、新宮家では高宮松之丞がそれを確信して、活気が出た。

これまでの四番を思うと、いささか間隔が空いたが、

「上様も御用繁多《はんた》であらせられたのでござりましょう」

と、誰もが思った。

まず相手は、小十人組番衆・大場久万之助に間違いあるまい。

久万之助に仕える惣助が、武芸帖編纂所の様子を窺っているのを、小松杉蔵が見つけて武芸場へ連れてきて以来、未だ久万之助は訪ねてきていない。

「くれぐれも御家来を叱ってやらぬよう、願いまする」

その後、鷹之介は久万之助に宛ててそのように文を送っていたが、さすがに久万之助も決まりが悪かったのであろう。

「当家の者の不調法《ぶちょうほう》をお許しくださりませ」

丁重な返書がきたものの、編纂所を訪ねては来なかったのである。

だが、正式に決まってしまえば、

「大場殿もかえって落ち着かれたことであろう」

と、鷹之介もすっきりとした。

大場久万之助を訪ね、どこでどのように稽古をしているか確かめ、彼の武芸への想いを問い、それをまとめて上書する――。

それからまた将軍・家斉の御前で仕合となるのであろう。

鷹之介は、落ち着き払っていた。

これまで四人の番方の精鋭と立合い、ことごとく勝利したのである。

その自信が彼をさらに強くしていた。

大場久万之助が意識していたように、鷹之介も久万之助のことが気になっていた。

というよりも、老臣の高宮松之丞が、

「五番目は締め括りとなりまするゆえ、勝って兜《かぶと》の緒《お》を締めねばなりませぬぞ」

と奮《ふる》い立ち、大場久万之助の情報をせっせと集めたのである。

まず鷹之介が後れをとることはあるまいが、有終の美を飾りたいだけに、家来としてはどっしりとしていられなかった。

それでも焦っていると思われては傍ら痛い。

そっと、目立たぬように久万之助の腕のほどを調べてみたのであるが、

――ふふふ、確かに剣の筋はよいようじゃが、太刀筋が美しゅうて、手本のようじゃという。これはもらったも同じじゃ。

という結論に至った。

素直な剣は見てくれはよいが、仕合となればさして役に立たぬ。

そこへいくと鷹之介の剣は、太刀筋も美しいが、変幻自在の妙がある。

立合って負けることはまずない相手であった。

松之丞は、先君・孫右衛門以来、二代に亘って剣の達人に仕えているゆえ、武芸の蘊蓄《うんちく》があり、見極めがつく。

「さて、仕上げと参りましょう」

余裕の表情となって、鷹之介の供をして、赤坂御門から永田馬場《ながた》へと出て、京極家上屋敷へと向かった。

この二年は、京極邸からの帰りに悲喜こもごもがあった。

小姓組番衆から、新たな御役を拝命出来ると思いきや、新設の武芸帖編纂所の頭取に任じられた時の、鷹之介の落胆ぶりは凄まじかった。

しかし、それも今なら笑い話に出来る。

実に晴れやかな心地がした。

「この度《たび》の聞き書きは、随分と楽だ」

鷹之介はにこやかに松之丞に告げた。

「ははッ……。爺ィめがちと出しゃばりすぎてござりまするが……」

松之丞は苦笑した。

まず久万之助についての聞き書きをまとめて上書するわけだが、惣助が編纂所に現れたことで、既に久万之助とも文を交わしていた。

さらに松之丞からの報告もあり、大場久万之助が、実直で生真面目な武士であると知れていた。

あとは彼の稽古風景を検分するばかりであるから、真に楽なものだと、主従はほくそ笑んでいたのである。

しかし、京極邸に着き、松之丞を待たせて京極周防守と対面した鷹之介は、その場で異変を覚えた。

日頃から若年寄として幕政に参与し、何ごとにも動じず、つつがなく務めをこなす周防守であるが、いつもの穏やかな表情が、この日は厳しく、しかつめらしいものとなっていた。

「ただ今、参上仕りました」

鷹之介が畏まると、周防守は一瞬やさしい目を向けたが、

「こ度また、そなたに上様より命が下った」

ずしりと重い声で告げた。

「ははッ！」

鷹之介は上意とあって平伏した。

「と申せば、次は小十人組の番士への聞き取りじゃと思うであろうが、さにあらず

「……」

意外であったが、そのまま言葉を待つと、

「御前にて、一人の武芸者と立合うてもらいたい」

周防守はそのまま口を噤《つぐ》んだ。

堪《たま》らず鷹之介は上目遣《うわめづか》いに、

「その御相手は……」

と、問うた。

「これへ呼んである」

周防守は、近侍の者に目をやった。

畏まって侍が、一人の武士をその場へ案内した。

部屋の端に端座したその武士を見て、鷹之介は目を見張った。

「三殿……」

仕合相手と思しき一人の武芸者とは、水軒三右衛門、その人であったのだ。

三

「これはお戯れを……」

思わず鷹之介は顔を綻《ほころ》ばせた。

将軍・家斉は、悪戯好きである。

「鷹めを驚かせてやるがよい」

などと周防守に命じ、その時の様子を聞いて笑ってやろうと企んだのではないか。

そんな風に思ったのだ。

柳生家への出稽古の成果を、この場で水軒三右衛門から鷹之介に見せてやるのも一興《いっきょう》であろう。

家斉が思いつきそうなことではないか――。

しかし、周防守も三右衛門も、その表情は厳しく、座興とも思えなかった。

「頭取……。これは戯れではござらぬ。十四年前、上様と交わしました約定《やくじょう》を、いよいよ果す時がきたのでござりまする」

三右衛門が重い口を開いた。

「十四年前の約定……？」

鷹之介の表情も険しくなった。

十四年前――。

それは、父・孫右衛門が将軍・家斉に随身した鷹狩の場で、謎の死を遂げた時である。

「十四年前、この水軒三右衛門は、いつの日か新宮孫右衛門殿が一子・鷹之介殿が、一廉の武芸者となった折に、上様の御前にて仕合をするようにと、申しつけられたのでござる」

「何と……。三殿……、いや、三右衛門殿は、わたしの父・孫右衛門を知っておられたか」

「いかにも……。会うたことはないと申し上げて参ったが、十四年前、上様の御前にて、真剣にて立合うてござる……」

三右衛門は低い声で言った。

鷹之介は、あまりのことに声が出ず、大きく息を吸い込むと、

「ならば、三右衛門殿は、わたしの父を……」

「討ち果しましてござる」

「それは真にござるか？」

「一定《いちじょう》にござる」

三右衛門は苦しみを吐き出すようにして、威儀を正した。

鷹之介は衝撃に言葉が出なかった。

或いは父の死の真相を、三右衛門は知っているのかもしれぬと、思ったこともあった。

しかし、三右衛門自身が討ち果したとは、夢にも思わなかった。

二年以上の間、共に暮らし、武芸に励み、ある時は連れ立って敵に立ち向かった、自分にとってはもはや父のごとき存在となっていた三右衛門が——。

一間に重苦しい気が立ち込めた。

周防守は、ゆっくりと口を開いて、

「その折、身共《みども》は上様の御側にはおらなんだが、詳しゅう話は承っている……」

と、三右衛門に代わって、当時の状況を語ったのであった。

家斉は、将軍家剣術指南役であった柳生但馬守俊則に剣を学んだ。

好奇心が旺盛で、変わり者を取り立てるのが楽しみであるのは、昔から変わっていなかった。

剛直で頑強だが、その分修行に励み、しっかりとした実力を身につけている。そして、どこか男のかわいげや、おかしみを備えている武士の噂を聞くと、召し出してみたくなるのだ。

そういう意味では、俊則の弟子で、どこへも仕えず、一武芸者で生きている水軒三右衛門には興をそそられていた。

何度か自分の剣術稽古の折に、三右衛門を召し出し、目の前で演武などさせるうちに、

「真におもしろい男よ」

と、ますます気に入った。

「奴は、孫右衛門によう似ておるわ」

そして家斉は、新宮孫右衛門に三右衛門を引き合わせれば、さぞおもしろかろうと思うようになった。

新宮孫右衛門もまた、昔《いにしえ》の武士を思わせる独特の性質を持ち合わせていた。

決して上役におもねることはせず、

「某はただ、上様の御為に戦い、死ぬるが本望《ほんもう》でござる」

という一念で生きるものの、日頃からその陰日向《ひなた》のない奉公が認められ、

「ふふふ、泣く子と孫右衛門には敵わぬぞ」

と、組頭を失笑させるまでになったのを、

「それこそが真の旗本よ」

家斉は称えていた。

そして、十四年前に鷹狩を催した折、家斉の警固を兼ねて、柳生但馬守俊則を同行させることにして、

「あの、変わり者も付き添わせよ」

と、三右衛門を召した。

三右衛門は自我の強い男であるが、剣の師である俊則には従順で、将軍家斉を神のように崇《あが》めていた。

「この三右衛門のような、取るに足りぬ者を上様は、おもしろいと仰せになった。

これほどありがたいことはない」

と、公言していたほどだ。鷹狩など貴族の道楽と捉えていたが、

「恭悦至極《きょうえつしごく》にござりまする」

と、この時ばかりは大喜びで、俊則に付き従い鷹狩の場に随身した。

そこで休息の折、家斉は小姓組番衆の新宮孫右衛門を側近くに召し、

「似た者同士、交誼を結ぶがよい」

上機嫌で二人を引き合わせた。

だが、似た者同士がすぐに打ち解けることはなかった。

似た者同士ゆえに、相手が不快で堪《たま》らなくなる場合もある。

ましてや、二人は共に腕に覚えのある武士なのだ。

相手を認めたくないという、子供のような感覚で、端《はな》から敵愾心《てきがいしん》を高める場合もある。

両者はこちらの方であった。

「互いに相手を見ていると、学ぶところもあろう」

それでも家斉は、二人を引き合わせた後、言うことや態度がよく似ていて、当惑

する二人の様子を見て悦に入っていた。

三右衛門も孫右衛門も、家斉がおもしろがる理由を察して苦笑していたが、そのうちに腕に覚えがある者同士、対抗心が生まれてきた。

かといって、将軍家の前で武芸についての討論をするわけにもいかず、気の向くままに物語などする家斉に話を振られ、適当にそれに応えていた。

それでも、家斉には二人が互いに意識しているのが見てとれて、実におかしかった。

「三右衛門、そちは番方の武士の武芸はどうあるべきと心得おるか、よいから申してみよ」

やがて家斉はそんな話を持ち出した。

恐らく三右衛門は、小姓組番衆の新宮孫右衛門を挑発するような物言いをするであろう。

それに対して孫右衛門が、どのように応えるか。

家斉は二人のやり取りが楽しみであった。

「わたくしのような兵法者づれが、上様の御旗本に偉そうなことは言えませぬ

「……」

三右衛門は遠慮をしたが、何か言いたいことを胸に秘めているのは、彼の様子でわかった。

「ふふふ、その偉そうなことを聞いてみたいものじゃ。のう、孫右衛門」

家斉はおもしろがって孫右衛門に水を向けた。

孫右衛門は、将軍家の前であっても遠慮なく物を言う。

家斉は、そこが気に入っているのだが、

「畏れながら、その偉そうなこと、是非聞いてみとうござりまする」

果して彼は、すぐさま応えた。

孫右衛門の耳には、三右衛門の物言いが、いささか挑発を含んでいるように届いた。

この時、家斉の陣には側近の者達だけがいて、警固の番士達は幔幕《まんまく》の外に、囲むように配されていた。

それゆえ、喋り易い様子であったし、孫右衛門の同僚の番士達も、同様に三右衛門の言葉に挑発を覚え、孫右衛門が何と応えるかに期待をしたのだ。

家斉は二人の討論を望んだ。

二人が腕利きであるだけに、その内容に興がそそられた。

「三右衛門、これは武芸についての話じゃ。遠慮は要らぬゆえ申してみよ」

家斉がさらに問うと、三右衛門も臆することなく不敵な笑みを浮かべると、

「さすれば申し上げまする。番方の衆に剣術は不要かと存じまする」

さらりと言った。

「ほう、何ゆえそう思う?」

おもしろいことを言うと、家斉はニヤリと笑った。

「この太平の御世において、徒党《ととう》を組み、上様の御命を狙うなどと馬鹿げたことを企む者はまずおらぬかと存じまする……」

将軍が動く時は、おびただしい家来が付き従う。それに先立って近辺の見廻りや取り締まりは強化される。

行列を襲撃するだけの人数を伏せておくのは困難だし、初めから目的を遂げることなど出来ないと誰もがわかっていると三右衛門は言う。

「孫右衛門、どう思う?」

家斉は、渋い表情を浮かべている孫右衛門を促した。

孫右衛門は、きっと畏まって、

「確かに、上様の御威光を恐れぬ不届き者が、今の世にいるとは思えませぬ。さりながら、俄《にわ》かに乱心いたした者が、狼藉《ろうぜき》を働くやもしれませぬ。士たる者は、あるやなきかのことに命を賭《と》する者にござりますれば、日頃より剣術に励むのが務め。水軒殿が申されるのを聞いておりますと、我らは張子《はりこ》の虎《とら》でよいということになりまする」

きっぱりと言った。

「これは某の申しようが悪うござりました。無論、武芸に励まねばなりますまい。剣術もそのひとつでござるが、乱心者を取り押さえるのであらば、剣術よりも捕《と》手術《てじゅつ》を日頃から修められるべきかと存じまする」

三右衛門は、孫右衛門に応えた。

乱心者とて、気が落ち着けば、何ゆえに狼藉を働いたか語るかもしれぬ。徒《いたず》らに相手を討ち果すのではなく、その理由を確かめその後の予防に繋げるべきだと、さらに説いたのだ。

「捕手術は、町方の役人に任せておけばよいことでござろう」

孫右衛門は不快であった。

言葉には出さなかったが、捕手術などはあくまで不浄役人が身につける武術であり、自分達のような将軍の近辺にいて警固にあたる旗本衆が同じように扱われては困るのだ。

「なるほど、御旗本の方々にとって、捕手術などは汚らしいものだとお思いなのでござりましょうな」

三右衛門はふっと息を吐いた。

武芸に貴賤《きせん》はない。何ごとも極めんとする三右衛門には、剣術さえ身につけておけばよい。出世のためには、武芸などに時を費《ついや》していられないという旗本達の考え方が、以前からどうにも気にくわなかった。

「いや、捕手術がいかぬと申しているのではござらぬ。我らは日頃より腰に大小をたばさむ者。まず剣を修めればよいと存ずる」

それで十分に将軍家の役に立つと、孫右衛門は思っている。

「それとも、水軒殿の目には、我らの剣術が真に頼りのう映ると?」

ついそんな言葉が出た。

「とんでもないことでござる。ただ、方々《かたがた》は日頃から御用繁多《はんた》の由、剣術の稽古もままならぬと存じましてな」

それならばまず捕手術を身につけ、これを三人掛かりで揮《ふる》えば、刀で斬り合うより、狼藉者などは容易《たやす》く取り押さえられるであろう。

番衆にも怪我が少なくてすむ。

何人もの番衆が、将軍家の周囲を固めているのだ。

集団での戦法を、日頃から駆使する方が理に適っているのではないかと三右衛門は思っているゆえ、そのような言葉を発したのだ。

しかし孫右衛門は、

「御用繁多であっても、剣術の稽古を疎《おろそ》かにしたことはござらぬ」

と、言っていた。

三右衛門は己が真意が伝わらぬもどかしさが出る。

「疎かにしているとは申しておりませぬ。稽古になかなか刻がさけぬのではないかと申しておりまする」

そうなると、孫右衛門は、

「ならば日頃の成果を、お試しあるか」

となる。

そして、三右衛門と孫右衛門の引くに引かれぬ剣への想いが口をつき、遂にこの場で立合い確かめてもらおうではないかという、孫右衛門の挑戦を三右衛門が受けることになってしまったのだ。

四

将軍・家斉は、自分の話の持っていきようが悪かったと悔やんだが、この場の座興として、水軒三右衛門と新宮孫右衛門の立合を見てみたくなった。

ここには、柳生俊則という剣術指南役がいる。

老いたりとはいえ、当代にあっては比類なき剣の達人である。

俊則が立会人を務めるならば、勝負の結果が、血なまぐさいものにはなるまい。

きっとよきところで間に入り、仕合を終らせるに違いない。

「ならば、袋竹刀にて」

三右衛門がそう言ったのに対して、

「いや、某は小姓組番衆五百人の面目を背負うておりまする。真剣で参ろう」

と孫右衛門が応えたのを、そのまま許したのも、俊則がいるからであった。

真剣勝負となれば、両者容易に動けまい。

膠着《こうちゃく》したところを、俊則が間に入れば、互いの面目が立つ。

「但馬守の指図に従うようにの」

家斉は二人に厳しく申しつけ、真剣勝負は行われた。

今なら三右衛門も、何と罵《ののし》られようと、このような言葉の弾みにおける真剣勝負など、巧みに取り繕って避けたであろう。

しかし、十四年前はまだまだ血気盛んであった。

武芸者は、いつ何時でも勝負を受けねばならぬと考えていた。

しかも御前仕合となれば身に余る栄誉であった。

一方の新宮孫右衛門は、

「武士の忠勤は御主《おしゅう》のために死ねることだ」

と、日頃から思い定めている。

水軒三右衛門の実力は、時折、家斉の口から聞かされていた。

「孫右衛門、そちのような気難しゅうて武芸一途の者が柳生におる。そのうち会わせてやろう」

そのようにも言われていた。

会うのを楽しみにしていたが、もしや自分とは衝突するかもしれないとも思っていた。

きっと将軍家は、その衝突を見るのが楽しみなのであろうと悟ってもいた。

ただ座興のつもりが、目の前で真剣勝負を見ることになるとは思ってもいなかったであろうし、

「真に困った奴よ」

と、不興を買ったかもしれぬ。

しかし、三右衛門の腕が大したものであると知るだけに、ここは引けなかった。

小姓組番衆でも腕利きと謳われた自分が、一介の武芸者に気迫で負けたくはない。

袋竹刀で立合うのもよかろう。

しかし、勝負は時の運である、袋竹刀であるゆえに思い切った技が出るかもしれないが、打ち負かされた時のみじめさを思うと、斬られて死んだ方が、家斉とて真剣勝負を望んだ、自分の馬鹿さ加減を、

「孫右衛門らしいわ」

と、笑って許してくれるであろう。

「そなたの親父殿は、そのように考えたようじゃな」

京極周防守は、孫右衛門の当時の心情を汲《く》んで、鷹之介に告げた。

「左様で……」

鷹之介は、何とか心を落ち着けんとしていたが、言葉が出なかった。

三右衛門には、多分に人を挑発する癖がある。

二年前に出会った時は、鷹之介の剣の師・桃井春蔵を揶揄《やゆ》するような言葉をうっかりと吐いて、鷹之介を怒らせたこともあった。

十四年前となれば、もっと人間が尖っていたであろうし、誰からも扶持を受けていないゆえに、何ごとにも恐い者なしで奮い立っていたのに違いない。

それは亡父・孫右衛門にも言えている。

三右衛門は、周防守の言葉に続けて、

「某も、新宮孫右衛門殿の噂は、上様からお聞きしたことがござった。世には似た者もいるものじゃと思い、会うのを楽しみにしていたと申しますに、こんな話をすれば相手もむきになるに違いないと心の内でわかっていながら、つい孫右衛門殿をいきり立たせてしまいましてござる……」

当時を振り返って、唇を噛んだ。

――上様の座輿が過ぎる。

鷹之介は、今初めて家斉を恨んだ。

確かに三右衛門にも、孫右衛門にも、引くに引かれぬことの成り行きがあったであろう。

しかし、それでも将軍家の威光をもって、

「ならぬ！」

と一言声をかけ、頑強な二人の衝突を止めてもらいたかった。

「して、父はいかに三右衛門殿と立合うたのでござりましょう」

鷹之介は動揺を抑え込み、武士らしく父の最期を問うた。

周防守は何か言おうとしたが、三右衛門が姿勢を正して、自分の口から告げる由を伝えた。

「某の生涯で、誰よりも手強い相手との立合となってござる……」

そして、目を閉じて、当時の様子を思い出して、噛み締めるかのように、語り出したのである。

五

新宮孫右衛門は、死ぬことに勝機を見出していた。

周囲の者にはそのように映った。

その潔さが、水軒三右衛門の心を乱した。

彼にしては珍しく、人頼みをした。

家斉が仕合を止めてくれること。それが叶わねば、家斉の意を受け止めて、剣の師・柳生但馬守俊則が、仕合の立会人として、よきところで勝敗を判じてくれることであった。

話の成り行きで真剣勝負をするはめになったが、三右衛門は孫右衛門には好感を抱いていた。

勝負をするのはよいが、孫右衛門を死なせたくなかったし、自分自身ここで討ち死にしたくはなかった。

「よいか。くれぐれも但馬守の指図に従うのじゃぞ」

家斉は二人に念を押した。

後は指南役が何とでもしてくれると信じていた。

そこが家斉の見込み違いであった。

武芸にも長じた将軍であったが、真剣での仕合がいかなるものか、まだ読めていなかったのだ。

三右衛門と孫右衛門の剣技は、円熟の域に達し、いかに俊則が立会人を務めようと、容易《たやす》く二人の間に入れるものではなかったのである。

「ここにいる者の他は誰も入れるでない」

家斉は、止めるに止められず、本陣に詰める僅かな家来のみの見物を許した。

三右衛門と孫右衛門は、襷《たすき》掛けをして、袴《はかま》の股立《ももだち》をとり、ゆっくりと向かい合って刀を抜いた。

この時、そこに居合わせた誰もが、両者が構えた刀の間合から恐るべき剣気が放たれているのを覚え、息を呑んだ。

気迫では孫右衛門が勝っていた。

真剣勝負に迷いが生じた分、三右衛門は劣勢を強《し》いられたのである。

このままでは討たれてしまう――。

三右衛門は、ぐっと前へと間合を詰めるが、孫右衛門の剣を躱さんと、

「うむッ……！」

気合と共に後ろへとび下がって、一旦間合を切った。

そして、孫右衛門を斬らねば己が斬られると悟り、すべての邪念を捨て、無念無想の境地へ身を置いた。

柳生俊則の身も引き締まった。

いずれの剣士も死なせてはならぬ。

この真剣勝負は、二人の剣の神髄を最大にまで引き出すためのものである。

将軍家剣術指南役である自分は、そうすることによって、徳川の世の武芸を確かなものにいたさねばならぬのだ。

その緊張が俊則を押し包み、老体の気力を激しく消耗《しょうもう》させていた。

仕合は思った通り膠着した。

互いに臆して斬り込めぬのではない。

生死の境で己が構えを崩さず、間合を構築する二人には攻め入る隙がないのである。

だが勝負である。攻めねばなるまい。

二人は互いに牽制《けんせい》の一刀をくれると、相手の間合は容易に崩れぬと確信し、じりじりと捨身で間を詰め、そこに勝機を見出さんとした。

辺りに強い風が吹き始めた。

吹いては止み、また吹き、疾風が吹き抜け胸騒ぎを起こさせる。

今は鷹匠《たかじょう》の許にいる鷹が、落ち着きをなくしていた。

その間も、三右衛門と孫右衛門の間合は詰まっていく。

互いの気合が充実した時に、いよいよ二人は技を仕掛け合うのであろうか――。

いずれも平青眼《ひらせいがん》に構えた二人の刀の切っ先が僅かに触れ合った。

俊則は、ここに勝負を予見した。

このままでは相討ちとなろう――。

俊則は止める間を探った。

その時であった。

強烈なる一陣の風が辺りを吹き抜け、幔幕を倒しつつ、砂塵《さじん》を巻き上げ、俊則の目を眩《くら》ませた。

鷹は興奮して両翼をはばたかせ、

「えいッ！」

「やあッ！」

その衝撃に突き動かされて、三右衛門と孫右衛門は互いに相手の間合に踏み込んだ。

そして見事なまでに互いに右へ体をかわし、相手に一刀をくれたのである。

「それまで！」

俊則の一声によって、二人は二の太刀を止めたが、同時にその場に膝を突いた。

三右衛門の左の肩が血に染まっていた。

そして孫右衛門も左の肩から胸へかけて深傷《ふかで》を負っていた。

やがてその場に倒れたのは孫右衛門であった。

あの一陣の風が、すべての運命を狂わせた。

毛筋ほどの間が違っていただけで、二人は俊則の一声で踏み込めなかったであろうし、倒れていたのは三右衛門であったかもしれなかったのだ。

孫右衛門は、駆け寄らんとする三右衛門を目で制し、

「上様に面目が……」

その一言だけを遺し、息絶えた。

「御免くださりませ……」

さすがの三右衛門も、己が短慮《たんりょ》から起こったことを恥じ、その場で腹を切らんとした。

「待て、三右衛門！」

これを家斉が止めた。

「こ度のことは、予の想いが至らなんだ。どうしても気が済まぬと申すなら、孫右

衛門の倅《せがれ》成長の砌《みぎり》に、武芸者らしゅう勝負をいたせ」

そして、三右衛門にそのように申し付けた上で、この真剣勝負については、一切口外を禁じた。

新宮孫右衛門は、警固の最中に曲者を見つけ、これと斬り結んだ末に倒れたとしたのだ。

二人の真剣勝負を止められなかった柳生俊則は、翌年隠居して、家督を俊豊に譲った。

三右衛門はこれ以降、諸国行脚《あんぎや》の旅に出たのである。

六

三右衛門が一通り語り終ると、京極周防守は伏目がちに、

「上様が、水軒先生にいつか倅と勝負をいたせと仰せになったのは、その場で腹を切らせまいとする方便であったと思われる」

と、三右衛門に言った。

「そうかもしれませぬ……」

「それゆえ、成長の砌などと、言葉を濁されたのではなかったか……。

周防守は、新宮鷹之介と水軒三右衛門の仕合はさせたくない。今からでも何とかならないかと考えていた。

「某もそのように思いまする。さりながら、新宮孫右衛門殿の御子息は、立派に成長なされました。また、いつまでも父親の死の真相を隠しているわけにも参りませぬ。話を聞けば、鷹之介殿にとって某は親の仇、黙って見過ごしにはできぬはず」

鷹之介は、混乱する頭の中を何とか落ち着けんとしていた。

「三殿は、親の仇ではござらぬ。尋常なる勝負の御相手であっただけにござろう」

父の死は無念であるが、話を聞けば三右衛門が討ち死にをしていたかもしれぬわけで、あくまでも仇ではない。それだけは伝えておきたかった。

「忝うござりまする。とは申せ、父を討った相手をそのまま見過ごしにしたならば、武芸帖編纂所頭取の名に傷がつきましょう。真実を知った者の中には、水軒三右衛門ごときに臆したかと、言い立てる者も現れましょう」

「それで、上様に第五番の勝負は、自分こそが相応《ふさわ》しいと……」

「いかにも、申し出てござりまする。小十人組との仕合なども はや無用にござりまする と」

「それで上様は……」

鷹之介は周防守を仰ぎ見た。

「申したことは覚えておる。鷹之介に立ち合うように申し付けよと仰せになった次第じゃ」

周防守は鷹之介に頷いてみせると、

「但し、真剣勝負をせよとは申しておらぬ。仕合の仕様は、鷹之介に任せるとのことじゃ」

穏やかな言葉をかけた。

その目は、袋竹刀での立合を勧めていた。

三右衛門は、静かに鷹之介を見つめている。

鷹之介の脳裏に、冬の日の庭で水垢離をしている父・孫右衛門の姿が蘇った。

三右衛門が武芸帖編纂所の編纂方となったのは、いつか家斉の御前で仕合をする相手を、孫右衛門以上の剣士にせねばならぬと考えたからであろう。

三右衛門のお蔭で強くなったのであれば、それをそのまま返すのが、三右衛門への礼節ではなかろうか。

「水軒三右衛門殿、これまでの御厚情、真に忝うござりました。真剣にてお相手仕りましょう」

鷹之介は、にこやかに一礼をする三右衛門に、自らも礼を返したのである。

第四章　決着

一

赤坂丹後坂に並び建つ公儀武芸帖編纂所と、旗本・新宮鷹之介邸は重苦しい気配に包まれた。

誰もが、

「この人のためなら、喜んで命を捧げられる」

と慕う鷹之介が、こともあろうに丹後坂の名物男ともいえる、水軒三右衛門と真剣勝負に臨むことになると知らされ、呆然自失《ぼうぜんじしつ》の態《てい》となっていたのだ。

御前仕合の日取りはまだ決まっていないが、近々行われるであろう。

三右衛門は、それまでの間、京極家上屋敷に逗留することになったが、

「あれこれ、片付けておかねばならぬ用がございまして……」

と、五日の間は屋敷を離れる次第となった。

その間、どこへ行くつもりかは明らかにされなかった。

周防守は、三右衛門が五日たっても戻ってこないのではないかとは、まったく疑念を抱かなかった。

それゆえ、理由も問わずにそれを許した。

真剣勝負となれば、命を落すかもしれないのだ。

思うがままに過ごさせてやりたかったのであろう。

そして、心のどこかに、

——このまま姿を消してくれたら、それはそれでよい。

と、二人の勝負がなくなることを願う気持ちがあるのに違いない。

鷹之介は平常心を保っていた。

周防守から真実を聞かされた時は動揺したが、昨日の友が今日の敵になるのが、武門というものだ。

三右衛門も父・孫右衛門も、互いに意地をかけて勝負に臨んだのである。理否《りひ》を問うことは出来まい。

討っては討たれ、討たれては討つ――。

それが武士の運命《さだめ》ならば、父を討たれた自分は、討った相手を恨みに思わず、正々堂々と新宮家としての意地を見せるべきであろう。

そう考えると、気持ちも落ち着いた。

周防守は、鷹之介にもしものことがあれば嫡子のいない新宮家であるが、御家存続が叶うようきっと取りはからおう。それが家斉の思しめしであるとも言った。

武芸帖編纂所にも、新たに頭取を送り込むゆえ、後顧《こうこ》の憂いなきようにとのことであった。

しかし、鷹之介は落ち着いていても、それを冷静な目で見られぬのが、編纂所の面々であり、新宮家家中の者達であった。

そもそも編纂方は三右衛門の他には松岡大八一人で、書役の中田郡兵衛、女中のお光を合わせて、頭取の鷹之介に従う者は現在三人となったので、三右衛門がいないとぽっかりと大きな穴が空いたようだ。

その上、鷹之介が三右衛門と真剣勝負をするなど、信じ難い事態であった。

軍幹《ぐんかん》という筆名で、時に読本《よみほん》などを書いている郡兵衛は、

「こんな筋立《すじだて》は、まったく思いつきもしませなんだ……」

腕を組んで俯《うつむ》くばかり。

お光などは、

「いったいどうしてこんなことになるんですよう……」

と泣いてばかりいた。

大八は武芸者である。

かつては何度も死の淵をさまよった男であるだけに、鷹之介からこの度の件を知らされても、取り乱しはしなかったが、

「三右衛門め、この二年の間、何を考えていたのだ」

いつか対戦する日が来ると思いながら、その相手をひたすら強くせんとしてきた三右衛門の想いを考えると、何ともやるせなかった。

二人の仕合については、ごく内輪の者だけに伝えられ、口外は禁じられた。

鷹之介は、〝内輪の者〟に、編纂所に出入りしている三人を選び、人をやって三

右衛門との仕合を伝えた。

鎖鎌《くさりがま》の遣い手・小松杉蔵《こまつすぎぞう》、

手裏剣の達人である芸者の春太郎《はるたろう》、

現在、将軍家に別式女《べっしきめ》として仕える藤浪鈴《ふじなみすず》であった。

三人の驚きようも生半《なまなか》なものではなかったが、杉蔵は武芸者として生きてきたゆえ、

「相手が三右衛門殿というのは、いささか残念に存じまするが、御武運のほどを……」

その一言だけを伝えて、武芸場に顔を出そうとはしなかった。

春太郎と鈴も、絶句したが、話を聞けば鷹之介の父親が三右衛門に討たれているのだ。

二人の対戦は避けてもらいたいが、鷹之介の立場を思うと何も言えなくなり、編纂所には近付かなかった。

春太郎も鈴も、一人の女として鷹之介を慕っている。

そして水軒三右衛門の強さを知っている。

想いをかける鷹之介に死なれる恐怖に苛《さいな》まれて、編纂所に行けないのだ。

鷹之介は、そんな女の心を知るや知らずや、二人の女への想いを曖《おくび》にも出さず、いつものように過ごした。

新宮家の動揺も編纂所と同じで、家士の高宮松之丞、若党・原口鉄太郎《はらぐちてつたろう》、中間の平助《へいすけ》、覚内、老女・槇《まき》、女中・お梅《うめ》は、祈るような想いで主に仕えていた。

かつて、鷹之介が武芸帖編纂所頭取に任ぜられた折、鷹之介は出世の望みが絶たれた心地がして随分と落ち込んだ。

家中の者達は、そっと集まっては、若殿について心配し合ったものだが、この度も何かというと奉公人達の仕事の場の交わるところである、台所でのひそひそ話が続いた。

鷹之介のことでは感情を昂ぶらせる松之丞ではあるが、これまでは家中の者達の動揺を見ると、表向きは平静を装い彼らを窘《たしな》めて鼓舞《こぶ》してきた。

しかし今度ばかりは落ち着かず、何かというと台所へ顔を出し、嘆き合ったものだ。

平助と覚内は、武芸帖編纂所には頻繁に出入りしているので、松岡大八から何か様子を聞いているのではないかと、二人からその報告を受けるのが台所会議の主旨となっていた。

もちろん、平助に抜かりはない。編纂所の用を務める時、そっと大八を摑《つか》まえて、

「殿様と水軒先生は、どうなっちまうんでしょうねえ」

勝負の成行きについて問いかけていた。

その折、大八は渋い表情で、

「真剣勝負だからといって、一方が必ず討たれるとは限らぬ。上様はきっと、立会人を立てられるであろう。その御方が上手く捌いてくだされたら、両者が命を落すことなく、決着がつくであろう」

と、応えた。

覚内もまた、平助と同じ問いかけをして、

「立会人次第じゃな。上様は、頭取にも三右衛門にも死んでもらいとうはないはず。おれはそう信じておる」

という応えをもらっていた。

「うむ。そうであろう。わたしもそういうことだと思う」

原口鉄太郎は、それを聞いて大いに納得し、槇もお梅も、

「そうですよねえ。そうでなくては困ります」

「わたしも信じております」

それぞれ相槌を打った。

老臣の松之丞は、

「なるほどのう……」

と聞いていたが、

「松岡先生は、皆の心を落ち着かせようと、思うてくださっているのに違いない」

この言葉を呑み込んでいた。

立会人次第であるというが、今では新宮鷹之介は、並びなき武芸達者に成長し、他の追随を許さない。

そして相手は、四十半ばを過ぎたとはいえ、新陰流の遣い手にして、諸国行脚で鍛え抜いた本物の武芸者である。

鷹之介の武芸をさらに開花させたのは、三右衛門であったといえる。

これだけの二人が真剣勝負をするとなれば、二人の武芸を凌駕《りょうが》するだけの者が

立会人を務めねば勝負を捌けまい。

果してそのような立会人がいるであろうか。

かつて新宮孫右衛門が三右衛門と対戦した折は、三右衛門の師で将軍家剣術指南役の柳生俊則が務めた。

その俊則でさえ、俄かな突風に思いがけず目が眩《くら》んだとはいえ、二人の立合を斬り合う寸前で止めることは出来なかった。

現・柳生家当主は弱冠十二歳の俊章である。

立会人など務めようもない。

となれば、もう一人の指南役である、小野《おの》派一刀流《いっとうりゅう》の師範・小野次郎右衛門《じろうえもん》忠孝《ただたか》が出張ることになるのであろうか。

しかし、家斉は柳生絡みの因縁の仕合に、小野忠孝を召し出すかどうかはわからない。

松岡大八自身、そう思っているはずだ。

——いったいどうなるのか。

松之丞は気が気でなかった。

しかし、新宮家にあっては、鷹之介よりも長い月日を先代・孫右衛門と共に過ごした松之丞である。

水軒三右衛門の人となりをよく知りながらも、御主を討たれた無念を思うと、鷹之介が勝負を望んだ気持ちは頷けるし、

――殿に勝ってもらいたい。

という想いは募る。

鷹之介は、京極邸でのやり取りを松之丞に告げると、

「爺ィ、何も申すな。誰も恨むでないぞ。よいな……」

と戒めた。

武士としての気構えを、何と立派に備えておいでなのであろう。

素晴らしい武士になられたと、松之丞は泣けてきてならなかったが、下手に声をかけては、鷹之介の覚悟が揺らぐかもしれない。

老いぼれの一言でいちいち覚悟が揺らぐような鷹之介ではないが、やさしい心の持ち主であるゆえ、松之丞に気遣うであろう。

それではいけないのだ。

誰も、何も声をかけられぬまま刻は過ぎ、鷹之介自身も、皆に何と声をかけてよいものやら知れぬうちに、その日は過ぎた。

すると、翌日になって、柳生家の臣である、三右衛門の剣友・津田《つだ》十次郎《じゅうじろう》が編纂所にやって来た。

二

津田十次郎は、悲愴《ひそう》な面持ちで、鷹之介に対面した。

かつての新宮孫右衛門と水軒三右衛門の真剣勝負について、柳生家がいかに捉えているかを報せに来たと、まず口上を述べると、

「某にとっては、真に心苦しいことにござりまする」

己が本音を吐露《とろ》した。

「お心遣い、忝うござる」

鷹之介は十次郎の情ある態度に心を打たれ恭しく応対した。

「あの一件は、柳生様の御家中において、知られていたのでござるか?」

鷹之介が問うと、

「先君だけには、報されていたようにござりまする」

十次郎は低い声で言った。

先君とは、先頃逝去した柳生俊豊のことで、俊章の亡父にあたる。

水軒三右衛門は、柳生家家中の者ではなく、俊則の弟子で、四年前に俊則が亡くなってからは、ほぼ縁が切れていた。

まだ幼少の俊章に告げるまでもないことであるし、一介の武芸者と小姓組番衆の果し合いであったというのに、立会人としての不甲斐《ふがい》なさを恥じて俊則が隠居をしたと、俊豊は思いたくはなかった。

それゆえ、俊則から成り行きを聞かされても、家中の者には報せず、将軍・家斉には、

「わたくしの命が尽きた時、語るべきとあらば、倅めに伝えてやってくださりますよう、お願い奉りまする」

と願い、自らの口からは俊章に伝えなかったのだ。

もっとも、体調を崩し、余命いくばくもないと察した俊豊にとっては、あれこれ

伝えておかねばならないことも多く、鷹狩の場での果し合いについてなど、忘れてしまっていたのかもしれない。

しかし、三右衛門が家斉の勧めで、柳生家に召され、俊章が指南を受けたとなると、

「柳生の倅に、知らせておいた方がよかろうのう……」

家斉は、若年寄・京極周防守をして、この経緯を伝えさせた。

「先生が、色々し残したことがあると申されたのは、この儀であったのか……」

俊章は表情を曇らせたが、すぐに引き締まった表情となり、

「その仕合を、見たいと上様にお願い申し上げたい」

と、拝謁《はいえつ》を賜るよう申し出たという。

十次郎も、初めて知ったことで、

「ひとまずは、当家の様子をお伝えしておきとうございまして……」

改めて鷹之介に申し伝えた。

「重ねての御高誼《こうぎ》、痛み入り申す」

鷹之介は、俊章の列席を喜んだ。

「それともうひとつ……。遠藤登世《えんどうとよ》殿と倅殿には、まだ知らせてはおりませぬ」

十次郎は、付け加えた。

やがてわかることゆえ、教えてやればよいのであろうが、やっと柳生邸での暮らしに慣れてきた頃となって、このような話はせぬ方がよいであろうと、十次郎が判断したという。

「わたしも、それがよいと存ずる」

鷹之介は神妙に頷いた。

「さらにもうひとつ、気になることがござりまする」

十次郎は、伏目がちにひっそりとした声で続けた。

「気になること……？」

「三右衛門が、京極様の御屋敷を五日ほど出て、何やら用をすましたいと申し出たと聞きました」

「御前仕合の日取りが決まるまで、三殿もすませておきたいことがあるのでしょう」

「さて、それが何やら心に引っかかりましてござりまする」

「武芸者が真剣勝負に臨む前にすませておきたいこととなると、長く会《お》うておらぬ人に会うか、まだ修めておらぬ術を授かるか……」

「決着がついておらぬ相手を討ち果す……、ということもあるかと存じまする」

「なるほど……」

鷹之介は相槌を打った。

自分との仕合は、三右衛門の人生の締め括りのようなものだが、その前に討ち果しておきたい相手がいたとすれば――。

「何か心当りが？」

「さすれば、先だって、かつて我らと修行を共にした、高坂千代蔵《たかさかちよぞう》という者が、果し合いの末に討たれたという話が聞こえてきまして……」

高坂千代蔵は、一時期、大和柳生の里で新陰流を学んだことがあった。

その頃に、三右衛門と十次郎は交誼を結んだのだが、それほど剣術の腕は立たぬものの、蓄財の道に長けているという不思議な男であった。

元々は大坂の商人の息子で、剣術に心を奪われて、武芸者の道を歩んだという。

それゆえ、相場に金を投じて利を得たり、その金を人に貸してさらに利息を得たりして、いつも懐が温かった。

それでいて情に厚かったから、三右衛門や和平剣造などは、何かというと千代蔵に酒を飲ませてもらったし、金を借りたりもした。

千代蔵は、修行をするというよりも、土地土地の風流を楽しみながら、地元の武芸達者の指南を得るという、気儘な旅を好んだ。

そこでの巧みな人交わりがまた、金貸しとしての財を生む。

そうして真に悠々自適に暮らしていたのだが、時に江戸へ出て、かつての剣友に会うのを何よりも楽しみにしていたそうな。

「その、高坂千代蔵が、まさか果し合いの末に命を落したとは、俄に信じられませなんだが、三右衛門にそのことを聞いて、噂は真であったと知り申した。三右衛門はわたしに会うと、あれは殺されたのだと、随分憤っておりました」

「殺された……」

「三右衛門は、千代蔵が死んだと聞いて、すぐにその理由を調べたそうで……」

すると、千代蔵は引くに引かれぬ武門の意地で、河渕剛太郎《かわぶちごうたろう》なる剣客と果し合いに及んだとされていた。

しかし、千代蔵は剛太郎に多額の金を貸していたことがわかったという。

剛太郎は、千代蔵から金を返すよう督促《とくそく》を受け、ある日彼を呼び出し、数を恃《たの》んで斬り殺し、果し合いだとしてすませたのに違いない——。

三右衛門は、許されぬ話だと怒っていたのである。

河渕剛太郎は、このところ一刀流の遣い手として、青山《あおやま》の久保町《くぼちよう》に道場を構えているらしいが、師範代と称する連中は、元々が凶悪な食い詰め浪人ばかりだとの噂もある。

周囲には武家屋敷が建ち並んでいるゆえに、それなりに入門する者も多いらしい。

そういう連中には実に丁重に稽古をつけるので、なかなかに評判はよい。

しかし、丁重にというのは、適当に型稽古をさせて誉めておくだけのことで、身を入れた稽古をつけているわけではない。

門人達は謝礼を納めてくれる客であるから、そこは程々に稽古をつけ、好い気分にさせておけばよいわけだ。

剛太郎はその裏で、不良浪人を集めて、強請《ゆす》りたかりの類を繰り返しているらしい。

剛太郎は、千代蔵を〝先生〟とおだて、己が道場に招いて出稽古を請い、人のよい千代蔵から金を引っぱり出して借りていたと思われた。

「津田殿は、三殿がそ奴らを、わたしとの仕合の日取りが決まるまでに片付けてやろうと思っているに違いないと」

「そのような気がいたしまする」

「あり得ることでござるな」

三右衛門は、悪党共の動きを探知するのが実に巧みである。

旅から旅の暮らしの中で、武芸者が生きていくのは、並大抵のことではない。

時には悪事に手を貸してしまいそうな局面に立たされたりもする。

そこを己が良心に従って、いかに切り抜けていくのかが大事なのだが、悪党共の動きを熟知せねば、巻き込まれたり、旅の浪人と侮られ、使い捨てにされてしまう。

三右衛門は、上手く立廻り、悪党共から巧みに金を巻きあげて、時には痛い目に遭わせてきた。

そういう日常が、彼の勘を磨いたのだといえる。

鷹之介は、三右衛門の智恵を借りて、幾多の悪事を、武芸帖編纂所頭取の立場から裁いてきた。

思い起こすと、それらの日々が懐かしかった。

「高坂千代蔵殿の仇を、まずきっちり討っておいてから、わたしとの仕合に臨もうと……。ははは、いかにも彼《か》の御仁らしい」

鷹之介は、水軒三右衛門を父の仇と恨むことが出来れば、どれほど気が楽であろうかとつくづく思った。

そういう感情は、津田十次郎にもあるのであろう。鷹之介にとっては、もはや父の仇である。

三右衛門への懸念を一通り話してから、

「これは要らぬことを申しました。考えてみれば、頭取にはどうでもよい話でござりました……」

十次郎は、そこにはたと気付き、あたふたとして詫びたのであった。

三

その頃。

水軒三右衛門は原宿《はらじゅく》村にいた。

以前、気にくわぬ武芸者達と決闘に及び、敵を潰走《かいそう》させたことがあった。とはいえ自らも手傷を負い、近くの百姓《ひゃくしょう》家《や》で手当をしてもらったのだが、それが縁で度々離れに逗留するようになり、

「二、三日、世話になるぞ。この度はきっちりと礼をいたす。なに、悪い金ではないゆえ、遠慮のう収めてくれ」

この度は一両を渡して、家人を喜ばせていた。

京極周防守の上屋敷を出て、ここに仮寓《かぐう》しているのは、百姓家から久保町がほど近いからである。

久保町には、高坂千代蔵の仇である、河渕剛太郎が剣術道場を構えている。

津田十次郎の予想は当っていた。

河渕一味を討つのが、三右衛門のし残したことのひとつであった。

三右衛門が、剣友・高坂千代蔵の死を知ったのは、同じく剣友で小太刀の遣い手・和平剣造の死を看取って間もない頃であった。

剣造の死に直面して、かつての剣友に会っておかねばなるまいと思い立ったのだ。

新宮鷹之介の武芸は、その上達が止まることを知らぬ。

今や、自分を上回っているのではないかと思っている。

自分より劣っているとわかれば、鷹之介との勝負は出来ぬと決めていたが、

「いよいよその時がやってきたようじゃ」

そうなれば、自分は近々死ぬと考えるべきであろう。

鷹之介が恐らく、これまで戦ったどの相手よりも強いのは確かであるからだ。

三右衛門はこの頃から、し残したことを自問し、やり遂げようとしていたのだ。

高坂千代蔵は、まず会っておかねばならない相手であった。

津田十次郎の回想の通り、千代蔵は大和柳生の里で共に学んだ間柄であった。

武芸の筋は大したものではなかったが、

「同じ武芸を修めるのなら、その辺りの町道場に通うたとて、かえって侮られるよ

ってにのう」

何ごとも本物を求めて汗を流す姿には感心させられた。

三右衛門の剣友の中では一番弱いであろうが、それでも強い者に揉まれたゆえに、世の中に出れば、腕が立つ部類に入るであろう。

その上で、

「剣は、柳生の里で新陰流を少々かじっております」

などと人をくったような物言いで愛敬をふりまき、誰からも好かれ、金にも困らず、悠々自適に暮らす姿を見ると、

「千代蔵、おぬしを見ていると、何やら己が暮らしが空《むな》しゅうなる」

そう言って時に詰ったものだ。

そんな時は首を竦めて、

「いやいや、おれはおれで、三右衛門や剣造のような猛者《もさ》に囲まれて、肩身の狭い想いをしているのじゃ。まず、お察しあれ……」

と、真顔で応える。

その様子がまたえも言われぬ愛敬に充ちていて、おかしくて堪らなかった。

金に困ると、

「これを使《つこ》たらよい」

すっと金を出してくれた。

「汗水流して稼いだという金でもないよってにのう、気を遣わんでもよい」

そう言われて、借りたままになっている金もあった。

旅から江戸に戻った折、三右衛門は金に困って、町の金貸しから五両ばかり借りたことがあった。

その金貸しというのが悪辣《あくらつ》な奴で、高利で三右衛門を追い詰め、そのあげく、

「人を一人斬ってくださりゃあ、借金は棒引きにいたしますぜ」

などと持ちかけてきた。

高利貸しの許には、数人腕利きの用心棒がいたのだが、三右衛門はさすがに頭にきて、

「人を一人斬る前に、お前らの首を残らず刎《は》ねてやる！」

と、家に殴り込みをかけた。

危うく血の海になるところを助けてくれたのが高坂千代蔵であった。

「三右衛門、借りた金は返せ。それからいくらでも首を刎ねたらよい」

そう言ってその場に乗り込んできて、五両の金を出してくれた。

「利息は、お前らの首で払わせてもらおう」

その上で三右衛門を促し、軒に吊ってあったぶ厚い木の看板を、真っ二つに切断させた。

あまりの見事さに、金貸し達は追い込む相手を間違えたと戦慄《せんりつ》した。

「ならば、確かに返したぞ。証文を寄こせ」

千代蔵は三右衛門のために証文を取り返すと、二人でその場を立ち去った。

三右衛門は、心から千代蔵に感謝した。

彼は金貸し稼業もしているので、三右衛門が悪徳高利貸しに引っかかっていると知って、助けに来てくれたのだ。

落ち着いて考えてみると、

「借りた金は返せ」

というのは、当り前の理屈であった。

あの時、怒りにまかせて連中を叩き伏せていれば、力によって金を踏み倒した破落戸《ならずもの》に成り下がるところであった。

「そもそも、金を借りるのなら、何ゆえおれから借りぬ」

「いや、久しぶりに会うたというのに、いきなり金を貸してくれというのはどうかと思うてな」

「おれは金貸しもやっているのだぞ。他所《よそ》の店へ行くとは何ごとじゃ」

千代蔵は三右衛門を叱りつけた。

借りたとてすぐに返せるわけではなし、ましてや利息を払い続ける自信もなかった。

それゆえに友人から金を借りて、後々の付合いをしにくくなるのは辛いので、三右衛門は千代蔵からは金を借りなかったのだ。

そんな三右衛門の気持ちはわかっていたが、

「そこを割り引くのが友というものではないか」

千代蔵は、からからと笑って、五両の返済は一切求めなかった。

その後、三右衛門は千代蔵を時に訪ね、僅かずつでも五両の返済に努めた。

それでもほとんどが借りたままで終っていた。

和平剣造が死んだ後、

「今ならば五両の金が手許にある。まずきれいにしてから、頭取との仕合に臨まねばなるまい」

三右衛門はそう思ったのだ。

千代蔵の居処は知っていた。

このところは旅も控え、千駄ヶ谷《せんだがや》の仕舞屋《しもたや》に住まいを構えている。もし出かけていたとしても、誰かわかる者を置いておくから大事ない――。

そのように聞かされていたのである。

ところが、訪ねてみると、

「旦那はお亡くなりになりました」

使いっ走りの若い衆が言う。

驚いて様子を聞くと、

「河渕剛太郎なる剣客が怪しい」

三右衛門はそのように断定した。

すぐに、火付盗賊改方《ひつけとうぞくあらためかた》に出入りしている、御用聞きの儀兵衛《ぎへえ》を呼び出し、そっ

と当らせたところ、

「千代蔵は、騙されて果し合いに見せかけて殺されたのだ」

三右衛門は確信したのである。

不良剣客がよく使う手であった。

よほど上手く立廻ったのであろう。

千代蔵は剣客として立派に真剣勝負に臨み、討ち死にを遂げたと処理されていた。

しかも、千代蔵の方から果し状が送られてきたと、剛太郎は言った。

千代蔵の筆の手を真似て、その果し状まで偽造したとみえる。

そして町方の役人には巧みに取り入り、それなりに鼻薬を嗅がせたのであろう。

——見えすいたことをしよって。

千代蔵は人がよい男であった。

剣術修行の者の苦労もよくわかっている。

それゆえ河渕剛太郎が懐に入ってきて、日々の苦労を嘆き、剣術道場運営のための掛かりを用立ててはくれないかと泣きつくと、嫌とは言えなかったのに違いない。

千代蔵の骸《むくろ》には、多数の斬り傷が残っていたという。

数を恃んで不意討ちをかけ、斬殺したのは明らかだ。

こんなものは果し合いではない。ただの人殺しだ。

——とりあえず、河渕剛太郎は斬ってやる。

三右衛門は、京極邸を出た翌日に、一通りの調べを終えて、久保町にある河渕道場へと出向いたのだ。

道場は、なかなかに立派な構えであった。

瓦屋根の門を潜ると、玄関の式台《しきだい》までは石畳となっている。

これも、千代蔵から奪い取った金で造作《ぞうさく》したかと思うと、三右衛門の腸《はらわた》は煮えくり返る。

彼は堂々たる足取りで玄関へと進み、

「頼もう！」

と、案内を乞うた。

懐から覗く一通の書状は、果し状であった。

四

河渕道場は騒然とした。

水軒三右衛門が訪ねた折、ちょうど河渕剛太郎は出かけていた。

そして帰ってみると、果し状を携えた武芸者が現れて、

「きっと受けてもらう。断れば某《それがし》の方からこれへ押しかけ、問答無用に斬り捨てる。そのように伝えよ」

取りつく島もなく言い捨てて、立ち去ったという。

「何だと……。水軒三右衛門……？」

「高坂千代蔵の身内の者であると」

「水軒陰流と申しておりました」

「これがその果し状にございまする」

弟子達は、矢継ぎ早にその時の状況を伝えた。

剛太郎が戻るまで待っているようにと告げたのであるが、

「何も話すことはない。某は、高坂千代蔵が、河渕剛太郎に貸した金を踏み倒され、証文を奪われた上に騙し討ちに遭《お》うたと心得ている。そのような相手を待つつもりなどない。果し状に書いてある通りに取りはかろうてもらうまでじゃ」

三右衛門はそう応えたのである。

その時、道場には十数人の門人がいたが、刺すような目で睨みつけられると、誰も二の句が継げなかった。

「おのれ、無礼な……」

剛太郎は怒りに震えた。

高坂千代蔵との一件は、果し合いにおいてのこととして解決していた。

それを掘り返しにきた者がいて、しかも千代蔵の死の真相については、見事にすべてを言い当てている。

剛太郎にとってこれほど不快な知らせが待ち受けていたとは、夢にも思わなかった。

「水軒陰流だと？　聞いたこともないわ！」

恐らく、千代蔵の金について嗅ぎつけて、強請《ゆすり》に来た手合であろうが、強請るならば相手を間違えている――。

きっと斬り刻んでやる。

しかし、門人の一人が、

「水軒三右衛門……。どこぞで聞いたような気がいたしまする」

と言い出した。

「聞いたことがある？　どこのやくざ浪人だ？」

「いや、柳生新陰流の遣い手で、このところ、どこぞの武芸場にいて誰かの武芸を指南して名をあげているとか……」

門人は、うろ覚えながら、水軒三右衛門の武名を聞きかじっていたようだ。

「何だと……」

高坂千代蔵は、かつて柳生の里で新陰流を修めたと言っていた。

水軒三右衛門なる武士は、その身内だと言っていたというから、そういう関わりがあるのであろう。

剛太郎は、背筋に冷たいものを覚えた。

水軒陰流というのは、新陰流を極めたことで、新たに一流を興《おこ》したのかもしれない。

話を聞くと、

——これは強請の類ではないのかもしれぬ。

そのようにも思われる。

門人達が声もかけられぬまま、果し状を受け取ってしまったというのは、余ほどの気迫が放たれていたのであろう。

——上手く取り繕って、話をつけるか。

剛太郎は思案したが、

「断れば某の方からこれへ押しかけ、問答無用に斬り捨てる」

と、息まいていたという。

——まずいことになった。

果し状を広げると、

「明日、夕刻七つに梅窓院《ばいそういん》観音裏手の明地《あきち》にて。助太刀は随意に」

とある。

「ふふふ、いかに新陰流の遣い手とはいえ、思いあがった奴め。助太刀は随意とあらば取り囲んで斬ったとて文句はあるまい。この果し状が何よりの証となろう」

河渕剛太郎の目に残忍な光が宿った。

三右衛門とて助太刀を募るかもしれぬが、せいぜい二、三人がよいところであろう。

物見を立て、相手の勢力が上まわれば、

——その時は相手の卑怯《ひきょう》を言い立てて、うやむやにしてしまおう。

剛太郎は、そのように企んだのである。

——それにしても、あ奴にそんな仲間がいたとはのう。

高坂千代蔵とは、千駄ヶ谷の町道場で知り合った。

小野派、伊東《いとう》派と、一刀流を修めてきた剛太郎は、言葉巧みに一刀流の道場に出入りして、出教授を務めていた。

方々の道場で修行をしたのは、ただただ素行が悪く一所に落ち着かなかっただけのことなのだ。

しかし、それなりに腕が立った剛太郎は、一旦旅に出て戻ってからは、以前の姓名を現在の名に改め、かつての悪行を煙《けむ》に巻いていたのだ。

とはいえ、出教授などをしていても、やっと糊口《ここう》を凌《しの》ぐほどの実入りしかない。

そんな折に、出稽古先の道場に遊びに来ていた千代蔵と出会ったのだ。

千代蔵は、いかにも物持ちの浪人風で、剣客の灰汁《あく》のない穏やかな男であった。

剛太郎は千代蔵の人のよさにつけ込み、道場経営の話を持ち出して、金を引っ張り出すことに成功した。

千代蔵は、道場への投資と思った。

人生も終焉《しゅうえん》に近づき、かつて柳生の里で稽古に明け暮れた日々が懐かしく、道場主となって余生を過ごしたくなったのであろう。

しかし、剛太郎にしてみれば千代蔵の道場であってはいけないのだ。

あくまでも、自分が道場主で、千代蔵はその後援者でなければならない。

それゆえ話をうやむやにしてきたが、

「わたしが思っていた話とは違うではないか」

やがて千代蔵が、剛太郎の不実を責め、返金を迫ったゆえ、梅窓院の裏手の明地へ呼び出して謝罪をしつつ、その陰で仲間を募り斬殺したのだ。

そこまでして手に入れた道場だ。

それを隠れ蓑にするからこそ、裏で悪事も働けるというものだ。

「よし！　目にもの見せてやるぞ！」

剛太郎の肚《はら》は決まった。

五

「よく来たのう、河渕剛太郎……」

水軒三右衛門は、暮れゆく薄野《すすきの》に一人立ち、五間ばかり前に立つ河渕剛太郎に言った。

剛太郎の傍には二人の仲間が立っている。

この二人は師範代と称している、剛太郎の凶悪な手下である。

「水軒三右衛門とは汝《うぬ》か。よくぞ来たのはそっちの方だ。いくら腕に覚えがあるとて、ただ一人で来るとは見上げたものよ」

剛太郎は嘲笑うように言った。

この明地には、既に物見を立てて、三右衛門が一人で来たのを確かめている。

三右衛門は襷を十字に綾なし、裁着袴《たつつけばかま》に草鞋履《わらじば》き、珍しく手甲《てっこう》を着けているのは、多勢を相手にする覚悟の表れか——。

剛太郎も腕は立つ。

三右衛門の姿を見て、

——こ奴はかなり遣う。

と、心の内で判じた。

「水軒殿、汝が高坂千代蔵とどのような間柄かは知らぬが、こ度のことはみな思い違いだ。怒りにまかせて道を誤るではない。今からでも遅うはないゆえ、引き上げればよかろう」

剛太郎はそう言いつつ、左右の手下に目配せをした。

左右の二人は、さらに背の高い薄の繁みにそれぞれ目配せをする。

それを合図に左右の繁みから三人ずつ助太刀の武士が出てきた。

総勢九人。

いかに三右衛門が強くとも、これだけを相手にするのは辛い。

人数で脅しておきながら、こちらは相手をする気もないので、取り止めにして帰るがよいと不戦勝を目論《もくろ》んだのだ。

「ふん、それだけ数を恃んでも、一人のわしがまだ恐いか。まず前へ出よ。河渕剛太郎……」

三右衛門の気合は充実していた。

やらねばならぬことを済ませて、いよいよ新宮鷹之介との仕合となる。

だが、三右衛門の心の内にも、彼なりのやり切れなさも、平常心を保てぬ動揺もある。

この決闘は、それを忘れるよい機会となっていた。

「水軒陰流・水軒三右衛門。いざ参る……」

まさしく問答無用。

三右衛門は、ゆっくりと抜刀した。

柳生の里で鍛えた新陰流を、この場で名乗りたくはなかった。

三右衛門は、自分らしく戦える喜びを嚙み締め、柳生俊章に心の内で謝した。

「おのれ……、それほどまでに死にたくば、望みを叶えてやる！」

剛太郎は、名乗りをあげることなく抜刀し、手下の八人に目配せをして、

「かかれ！」

と号令した。

尋常な立合など、端《はな》からするつもりなどなかったのだ。

手下達は、三右衛門を囲まんとして、素早く動いた。

その刹那《せつな》、三右衛門は帯に差していた棒手裏剣を立て続けに左右の先頭の二人に打った。

「うッ……」

棒手裏剣は、二人の手下の太股に命中し、こ奴らはその場に屈み込んでしまった。

「えい！」

三右衛門は右にとんで、手裏剣を打たれた一人が屈み、出足が鈍った後続の一人を斬った。

絶叫と共にそ奴は肩を割られて、どうっと倒れた。

三人がたちまち戦闘不能となった。

思った以上に腕が立つ三右衛門の妙技に、河渕一味は怯《ひる》んだ。

「恐れるな！」

そこへ、剛太郎が三右衛門目がけて斬り込んだ。

剛太郎にしてみても、ここで負けるのは死んだも同じで、そこは首領らしく先陣を切ったのだ。

剛太郎の気迫は彼の剣に乗り移り、三右衛門はからくも一刀をかわして、間合を切った。

しかし、剛太郎の動きに勇を得た手下達は、ここを先途と三右衛門に殺到した。

三右衛門は一目散に野を駆け、敵襲をよけて、一人の刀を撥《は》ね上げる。

ここを何とか凌がねば、三右衛門の不利は避けられぬ。

すっと構え直したものの、すっかりと囲まれていた。

——まだまだわしの術もしれている。

三右衛門は自嘲しつつ、さてこれからどうすると、己が五感五体に問いかけた。

「覚悟いたせ！」

剛太郎は必死である。

早くけりをつけねば、三右衛門の助太刀が駆けつけるかもしれない。

勝負はそれまでにつけねば、ただ一人とはいえ手強過ぎる相手であった。

剛太郎の懸念はぴたりと当った。

低い唸り声と共に、手下二人が地に這った。

まさしく、三右衛門に助太刀が現れたのだ。

「何と……」

三右衛門には訳がわからなかった。

――もしや……。

咄嗟《とつさ》に思い浮かんだ顔が、すぐそこにあった。

「頭取……、大八……」

助太刀は新宮鷹之介と松岡大八であった。

残るは四人――。

新手二人の凄まじい剣捌きに、元より烏合《うごう》の衆の河渕一味は逃走した。

しかし、鷹之介と大八は師範代の二人を素早く斬り捨てて、剛太郎の逃亡は許さなかった。

「勝負じゃ！」

三右衛門はすかさず剛太郎ににじり寄った。

鷹之介と大八は既に刀を納めている。

「高坂千代蔵の仇！」

三右衛門に決闘を迫られて、剛太郎も覚悟を決めた。

「よし！　決着をつけてやる！」

この男とて、裏で悪事を働きながらも、いつかは剣術界の表舞台に君臨してやらんと野望を胸に生きてきたのだ。それなりに修羅場は潜っている。

助太刀の二人は刀を納めた。老いぼれ一人に後れをとってなるものかと、河渕剛太郎は八双《はっそう》に構えてじりじりと間を詰めた。

三右衛門は待ち構えるかのように、刀を下段に構え相手の打ちを誘う。

「やあッ！」

剛太郎は、体を右に開きつつ凄まじい勢いで三右衛門に一刀を叩きつけた。

「とうッ！」

三右衛門はその刹那、刀を寝かせるように左へ出た。

右へ出るのを読み、ぶつかるように自分は左へ出たのだ。

そして、彼の一刀は寝たまま剛太郎の胴を薙《な》いでいた。

「うッ……」

剛太郎は、腹から血しぶきをあげ、野を赤く染めて倒れ伏した。

即死であった。

あまりにも見事な手練《てだれ》に、鷹之介と大八は息を呑んだ。

三右衛門は大きく息を吐いて、刀身の血を払うと鞘に納めた。

そして二人に向き直って、深々と頭を下げた。

「忝うござりまする。危ういところでございました」

「これで、御前仕合ができますな」

鷹之介はにこりと笑った。

三右衛門も笑みを返し、

「ここで斬られた方が、気が楽でござりましたが。頭取も物好きでござりまするな」

「このような境地も三殿に教わった。大殿と三人でよう暴れ廻ったものでござった……」

三右衛門は何度も頷いてみせると、

「この場のことは……」

「津田殿から高坂千代蔵殿の話を聞き及び、きっとこうなるであろうと」

「左様でござりましたか。あれもまたよい男でござりまするゆえ、この先お引き立てのほどを……」

三右衛門は、その先の言葉が続かず、しばし鷹之介と大八の前で立ち竦んでいた。

それは鷹之介とて同じであった。

大八は、怒ったような、泣いているような表情のまま、三右衛門を見つめている。

暮れゆく冬の空の下。

さわさわと風に揺れる薄野は、逃げ出したいほどの物悲しさであるというのに
――。

第五章　悲恋

一

その日。

朝から将軍・徳川家斉は機嫌が悪かった。

何ごとも、

「よきにはからえ……」

と、鷹揚《おうよう》に構える上様であるが、何か心に引っかかりを覚えると、それをしっかりと嚙みくだいておかねば気がすまない。

三十年以上もの間将軍職にあり、天下を治めるには、そういう寛容さと細心さが大事なのだと、家斉は思っている。

その〝引っかかり〟は、武芸帖編纂所頭取・新宮鷹之介に、心ならずも命じた〝五番勝負〟についてであった。

小姓組番衆として召し出した時から、鷹之介はお気に入りの家臣であった。

その彼を、武芸帖編纂所などという新設の役所に封じたのは、

「鷹のことゆえ、そこにいればすぐに武芸に身を入れよう。そのうちに武芸三昧《ざんまい》の日々に喜びを見出し、世に並びなき武芸者となろう」

それを見越しての命であった。

家斉の予想通り、鷹之介は頭取職を能《よ》く務め、武芸探究を怠ることなく、次々と術を身につけていった。

その度に、純情一途にして正義感溢れる鷹之介は一騒動を起こし、見事に切り抜けてきた。

いつしか家斉は、それを聞くのが楽しみになっていた。

「そろそろ、鷹がいかに強うなったかを、この目で確かめとうなった」

そう思って、番方《ばんかた》武士達の実態を調べるように命じつつ、小姓組、書院番、大番、

新番の腕利きの旗本達との仕合を求めた。

その結果は、頭に思い描いていた以上の腕前で、家斉は大いに満足をした。

かくなる上は、十四年前に行った鷹之介の亡父・新宮孫右衛門と、お気に入りの武芸者・水軒三右衛門の真剣勝負のけりを、いよいよつける時がきたと決断したのである。

ところが、若年寄・京極周防守に、孫右衛門の死の真相を鷹之介に明かし、あの日、三右衛門に、

「……孫右衛門の倅成長の砌《みぎり》に、武芸者らしゅう勝負をいたせ」

と約した始末をつけるよう命じたところ、周防守から今朝になって、

「両名は、真剣勝負にて仕合を執り行うことになりましてござりまする……」

との報せを受けた。

家斉はこれを中奥の庭先で、武芸の稽古をいたさんとする前に、寛《くつろ》いだ状態で聞いたのだが、

「なに？　果し合いをすると申すか。鷹めと三右衛門が……」

たちまち不興顔となり、しばし言葉を失った。

周防守は予期してはいたものの、家斉の動揺が思った以上に激しいので、ぐっと気合を入れ直した。

「周防守……」

やがて家斉は、周防守を詰るように、

「余がかつて三右衛門に、孫右衛門の倅成長の砌に……、などと申したのは、あ奴に腹を切らせぬための方便であったのじゃぞ」

と言った。

成長という言葉で、時を稼ごうとしたのである。

それを解さぬ周防守ではあるまいに。

家斉の不興はそこにある。

あの頃は鷹之介もまだ十三であったから、長い刻が経てば、倅との対決の気分も薄れていくであろうと、家斉は考えたのだ。

「三右衛門に腹を切らせまいとする上様の慈悲深き御心は、お察し申し上げまするが、新宮鷹之介の成長をお望みになったのは、上様にござりまする」

周防守は畏まって言上した。

鷹之介へのよい武芸指南になろうと、水軒三右衛門を呼び戻し、編纂方として付けたのも家斉の命であった。

その結果、鷹之介が父を超える武芸を身につけたのであるから、

「三右衛門も、これで心おきなく、鷹之介と立合えると思うたのでござりまする」

「それはわかっておる……」

家斉は眉をひそめた。

三右衛門に、自分が討ち果した相手の倅を見守り、時に武芸指南をするよう命じれば、彼はそれを嬉々として務めるであろう。

強くなればなるほど、自分の身が危うくなるわけだが、水軒三右衛門という男は、そういう相手と戦いたいと思える自分に美意識を抱く、おかしな武芸者の心を持っている。

しかし、様子を見れば、三右衛門は鷹之介を慕い、

「この頭取のためならば」

と、命を賭して編纂方を務めていた。

そして鷹之介も、三右衛門を父のように敬慕していたと思われる。

「鷹めも、三右衛門が父の仇と知れたとて、もはや恨みにも思わぬであろうと考えたによって、仕合を命じたと申すに……」

家斉は嘆息した。

「新宮鷹之介は、水軒三右衛門を恨んではおりませぬ」

周防守はきっぱりと言った。

「己を育ててくれた三右衛門への恩義は、正々堂々と立合うことで返そうと思うているのでござりましょう」

三右衛門と孫右衛門の真剣勝負は、互いに納得ずくの仕合であった。

それを一方的に三右衛門を仇と思うような武士ではないと、鷹之介を称えたものだ。

「それもわかっておるわ!」

家斉は声を荒らげた。

「両名の心意気は天晴《あっぱ》れじゃ。さりながら、何ゆえまた真剣勝負をいたさねばならぬ。勝負を決するなら、袋竹刀でもできよう。鷹めは三右衛門を恨んではおらぬのであろう」

将軍は、それでは十四年前の再来ではないかと憤るのだ。

「上様が真剣勝負など、お望みになってはいないと、わたくしも二人には申し伝えてござりまする」

「いかにも、余は望んではおらぬ」

「畏れながら、上様は、望んではおらぬと仰せになりつつ、仕合の仕儀は鷹之介に任せるとも仰せになりましてござりまする」

「そうであったか……」

「確かに仰せになりました」

家斉は言葉に詰まった。

討たれたのは鷹之介の父・孫右衛門であったゆえ、ここは鷹之介に決めさせてやればよいと考えて、家斉はそのように周防守に命じたのであった。

「まさか、あの鷹之介が真剣で相手になるなどと応えるとは、思うてもみなんだのじゃ。相手はあれほど慕うていた三右衛門ではないか……」

家斉は、鷹之介の胸にあれこれと去来するものがあったとは察しがつくが、そこは自分の想いを汲んで、袋竹刀での立合を選択するものだと思っていた。

それが何とも腹立たしかった。

武芸好きの将軍であるが、新陰流や一刀流を修めても、実際に人と斬り合ったことはない。

新宮鷹之介と水軒三右衛門の仕合の成行きまで予想が出来なかったのだ。

それに今気付いたゆえ、余計に不快なのである。

「鷹之介が望んだのならばそれでよい。斬り合うて何《いず》れかが果てればよいのじゃ。せめて余が見届けて引導を渡してやるわ。それで満足であろう」

やがて家斉は突き放すように言った。

周防守は、ただじっと聞くしかなかった。

家斉の怒りが、やさしさゆえのものだとわかるので、尚さら辛かったのである。

二

京極周防守は、家斉の御前を下がると、遣いをやって、御前仕合は七日後に執り行うと通達をした。

わかっていたこととはいえ、実際に日取りが決まると、武芸帖編纂所も新宮家も、さらに打ち沈んだ。

一同は鷹之介の勝利を願ったが、鷹之介が勝つと、あの水軒三右衛門はこの世からいなくなる。

それがどうにも悲しくてならなかった。

また、武運拙《つたな》く鷹之介が討ち死にを遂げれば、三右衛門に対して憎しみが湧くのであろうか。

その時の感情が、まるで予想すら出来ないのだ。

いずれにせよ、その日を境に三右衛門とは、会えなくなるのであろう。

とにかく、何を考えてもやり切れなくなるのである。

誰よりも思い悩んでいるのは、松岡大八であった。

編纂方の相役で、これまでは三右衛門と二人、武芸帖編纂所の両輪として、大いに活躍をしてきた。

大八を鷹之介に推挙したのは三右衛門であった。

武芸者として生きるのに嫌気がさし、一時は浅草奥山《おくやま》の見世物小屋で、天狗面をつけて放下《ほうか》を演じていた大八を、三右衛門は編纂方に誘ってくれた。

それは大八の人生において、何よりもありがたかった。

ここへ来てからの大八は、

――おれが精進してきた時は、決して無駄にはならなんだ。

と実感出来る日々を過ごしてこられた。

何といっても、こんなだらしない自分を、

「大殿……」

と慕ってくれる鷹之介との出会いは、天から授けられた僥倖《ぎょうこう》と思わずにはいられない。

その鷹之介は、恩人である三右衛門と真剣勝負に臨む。

謎であった鷹之介の父・孫右衛門の死は、三右衛門が討ち果したものであったと、知らされると、大八の胸は締めつけられた。

三右衛門は恩人ではあるが、今の大八は立場上、新宮鷹之介の味方をせねばならないのである。

「頭取、仕合に向けて稽古をなさらねばなりますまい」

そんな言葉を当り前のように口にして、鷹之介の稽古相手を務めねばならぬ。

いくらそれが気乗りしなくとも、編纂方である以上は、何としても鷹之介が勝つように努力をするのが大八の使命なのだ。

「頭取、稽古をいたしますか?」

大八は、もし三右衛門がここにいたら、きっとそれを勧めるであろうと思い、さりげなく鷹之介に申し出たが、

「今から稽古に精を出したとて付け焼刃というものだ……」

鷹之介は大八の想いを察して、立合は求めず、型稽古の相手などを所望して、体馴らしをするに止めた。

それでは鷹之介も気が晴れぬであろうと、周囲の者は案じつつ、さりとて何も言い出せぬまま二日が過ぎた。

すると、編纂所に思わぬ男が現れた。

先だって、編纂所と新宮邸を覗き見ているのを小松杉蔵に見つけられた、惣助《そうすけ》であった。

彼の主人である小十人組番衆・大場久万之助が、

「是非、武芸場に伺いたい」

と、願っているとのことであった。

いつぞやは、

「……何かの折には、編纂所に遠慮のう訪ねてくださるようにと……」

鷹之介は惣助にそのように言葉をかけていたので、

「しばらくは編纂所に詰めているゆえ、いつでもお越しくださるようにお伝えしてくれ」

と応えてやると、翌日になって久万之助はいそいそとやって来た。

「いや、これは畏れ入りまする。そのうちに、頭取の某への聞き取りがあるかと思うていたゆえ、お訪ねするまでもないと存じておりましたが、なかなかその気配がなく、いても立ってもいられませいで……」

汗をかきながら鷹之介に挨拶をする久万之助の姿に、編纂所と新宮家から手伝いにきている者達の心が和《なご》んだ。

鷹之介と三右衛門の仕合が、五番目の勝負となることは、まだ世間には知らされていない。

相変わらず小十人組の頭は、いつかいつかとやきもきしていたし、いつまでたっても下知《げじ》のない久万之助はとりあえず、まずは稽古だけでも願おうと、思い立ったらしい。

まったく、お呼びでないというものを――。

何とも間の悪い久万之助であるが、彼の身になって考えるとおかしくなってくる。

一同の表情は緩《ゆる》み、久しぶりに笑みが浮かんだのだ。

鷹之介は、思わぬ来客にいささか戸惑ったが、久万之助との稽古に、束の間気を紛らすことが出来るのは幸いであった。

「大場殿、よくぞお越しくだされましたな」

朴訥《ぼくとつ》とした久万之助の人となりも心地よく、大いに歓待した。

その印は、何よりも真剣に稽古の相手を務めることであろう。

非公式の稽古であるから、まるで相手を寄せつけずに終えたとて恥をかかずに済むのだ。

小十人組として、まだ新宮鷹之介との仕合に未練を残しているのなら、ここは実力の違いを大いに見せつけてやるのが、大場久万之助に対する親切というものだ。

久万之助は防具一式を持参していた。

「ならば立合と参ろう」

鷹之介は自らも防具を身に付けて、竹刀を手にさっそく久万之助と対峙した。

これを見守る者達の表情は、武芸場内に放たれた鷹之介の激しい剣気に触れ、たちまち引き締まった。

「それ、それッ！」

久万之助は、鷹之介の気合に呑み込まれまいと、自分も気迫を前に出し、攻撃の隙を窺った。

しかし、鷹之介は来たるべき三右衛門との一戦を念頭に置いているのであろう。

竹刀を真剣に見立てて間合を保ち、久万之助に付け入る隙を与えない。

剣先をぴたりと久万之助の左目の方へと付け、じりじりと間を詰める。

攻めんとする久万之助は、堪らずに、

「ええいッ！」

と、前へ出た。

「やあッ！」

すかさず鷹之介は、これを小手に斬った。
さらに久万之助の崩れた体勢を瞬時に見て取り、
「とうッ！」
とばかりに、構えの隙間を狙い右から左へ胴を薙いだ。
これが轟音《ごうおん》と共に見事に決まり、武芸場内には溜息が洩れた。
防具の上からでもその衝撃は凄まじく、
──胴を二つに斬られた。
という絶望が、しばし久万之助をその場に立ち竦ませた。
久万之助は、すっかりと闘争心を折られてしまい、稽古中であるのに、
「参りましてござる……」
と、思わず声をあげていた。
小十人組では無敵と謳われた大場久万之助であったが、
──もはや新宮殿は、はるかかなたの山の頂《いただき》におられる。
と、上には上がいるものだと思い知らされたのである。
小十人組に声がかからぬのは、既に新宮鷹之介の相手になる者はいなくなったと

の、御上の思し召しなのであろう。

久万之助は、それから半刻《はんとき》（一時間）ばかり、鷹之介に武芸鍛錬の心得などを問い、

「本日は真に忝うござりました。己が未熟と武芸の奥深さを知りましてござります。これほど身になる稽古ができたのは初めてでござりました……」

深々と頭を下げた後、実に晴れ晴れとした顔となって、惣助を従え立ち去った。

その様子がいかにも清々《すがすが》しく、頭取・新宮鷹之介はこのようにして、武芸にいそしむ武士達の支えとなっていくべきなのであろうと、松岡大八以下、誰もが思った。

鷹之介は相変わらず泰然自若《たいぜんじじゃく》としていた。

「これで小十人組への気遣いもすんだ。心おきのう五番目に臨めるというものだ」

彼はさらりと言ったが、三右衛門の名は出さなかった。

武芸帖編纂所の頭取として、淡々と職務を遂行する姿を見せつつ、皆の三右衛門への想いを気遣う――。

鷹之介は懸命に己が運命を彼らしく、明るく受け止めんとしていたのである。

三

河渕剛太郎一党との果し合いの末、剣友・高坂千代蔵の仇を討った水軒三右衛門は、未だ原宿村の百姓家の離れに寄宿していた。

あの果し合いを感知した新宮鷹之介は、松岡大八と助太刀に駆けつけたわけだが、しっかりとその後始末もしてやった。

「公儀武芸帖編纂所頭取・新宮鷹之介でござる。役儀によって、果し合いを見届けてござる」

と、役所に届け出て、若年寄・京極周防守に報告もした。

周防守は、武士として、武芸者として、心ならずも真剣勝負に臨む鷹之介と三右衛門の心情と覚悟、斬り合いをする相手をそれでも気遣う武士の情に、感動を禁じえなかった。

武士の本分《ほんぶん》は死ぬことであると言われて育った周防守ではあるが、若年寄となった今、秀《すぐ》れた人材を死なせず、後世にその才を受け継がせるのが、自分の役目だと心得ている。

将軍・家斉が、二人のいずれも死なせたくないのもわかっている。

鷹之介と三右衛門の気持ちに変化が起これば、いかなる理由をつけても取り止めにしたとてよいと考えている。

二人の意志の固さに、家斉はむくれてしまい、何れかが死んだなら自分が引導を渡してくれると突き放した物言いをしたゆえ、とりなすのは大変であろうが、

「その折は、身共《みども》も一命を賭す覚悟でいよう」

そのように周防守も思っている。

将軍家がこれと見込んだ二人である。

上の者に言われて意志を曲げるような武士ではない。

だが、武芸帖編纂所と、これを取り巻く者達の結束は鉄のように固く、肉親以上に情が通い合っているという。

彼らとて手をこまねいてはおるまい。

今さら主命である仕合を取り止めには出来まいが、周りの者達の懐柔で、鷹之介が袋竹刀での仕合を望むかもしれない。

仕合の仕儀は鷹之介に任せるというのが上意である。そしてそれは、仕合の当日までに決めればよいとまで申し伝えてあった。

三右衛門の心境に変化があれば、相対した時に鷹之介にはすぐにわかるであろう。

たとえ真剣で勝負をしたとて、両者が相手を生かす剣を遣うことが出来れば、おもしろい決着を生むかもしれないではないか。

三右衛門の心境に変化を期待するならば、京極家の上屋敷に逗留させておいても意味がない。

鷹之介と三右衛門の心を繋がんとする何者かが、容易《たやす》く出入り出来るところの方がよいはずだ。

周防守はそのように考えて、三右衛門が河渕剛太郎相手に果し合いをした後、鷹之介へ巧みに後始末をしたことを称える使者を送り、三右衛門はそのまま原宿村に逗留していると、大音声《だいおんじょう》で告げさせたのだ。

そうしておけば、これを編纂所の誰かが聞きつけて、そっと三右衛門との接触をはかるに違いない。

梅窓院観音裏での果し合いの顚末《てんまつ》について、家斉には詳細を報せずにおいた。

し残したことがあると言って、三右衛門は対鷹之介の前哨戦として、不良剣客を果し合いの末に討ち取った。

それだけを告げた。

鷹之介がその助太刀をしたなどと言えば、家斉はますます、

「そのような想いがあるのならば、何ゆえ真剣で立合う！」

と、いきり立つかもしれないからだ。

――真に困った上様じゃ。

しかし、あの将軍の下ならば勤め甲斐があるというものだ。

物や人に興をそそられるゆえに、ちょっとした騒ぎが起こる。

それでも、人の世というものは何か騒ぎがないと動かぬのだ。

動きがない世には、しくじりもないが発展もない。

何といっても、家斉が引き起こす騒ぎには情がある。

そこに、仕える者にとっての夢が隠されているのだ。

鷹之介と三右衛門の真剣勝負には、依然何れか一人が命を落す恐れが、大きく横たわっている。

しかし、それだけにこの仕合を、真の武士の生き様として後の世にまで語り継がれるものにしなければならない。

周防守は見守るしか出来ない現状に苛立ちを覚えていたが、

――まず、肚を据えるしかあるまい。

と思い決め、密かに配下の者をして、原宿村の水軒三右衛門の動向を見張らせることにした。

すると、期待通り三右衛門を訪ねる者の影を覚えた。

それは思いもよらず、小股の切れ上がった三味線芸者であるという。

その芸者が、春太郎であるのは言うまでもない。

四

春太郎に三右衛門との接触を願ったのは、編纂所で書役を務める、中田郡兵衛であった。

このところ郡兵衛は、中田軍幹という筆名で書いている読本が少しずつ売れ出していて、時にその打ち合せなどで、編纂所を出る機会が増えた。

編纂所に戯作者《げさくしや》がいるというのもおかしな話なのだが、そもそも郡兵衛は正式な編纂所の吏員《りいん》ではない。

役所の中に住まいを与えられ、月々一両を支払う代わりに、武芸帖の整理、目録などをまとめる書役の仕事を任されているのだ。

暇な時は戯作を書くことも許されていて、郡兵衛にとってはありがたい待遇であるし、編纂所としてもわざわざ人を雇うほどのことでもないので大いに助かっているのだ。

今では皆が、すっかり忘れてしまった感があるが、郡兵衛は角野《かどの》流手裏剣術を、富澤秋之助《あきのすけ》に学んでいた。

秋之助は、富澤春、すなわち春太郎の父で、角野流の継承者であった。

郡兵衛が入門したのは、戯作の種になるかもしれないと思ってのことで、武芸の修練といえたものではない。

しかし、秋之助がその手裏剣術で悪党退治の末深傷を負った時は、危険を顧《かえり》みず秋之助を匿《かくま》い、その死を見取ったという俠気を郡兵衛は持ち合わせている。

春太郎は、秋之助とは離れて暮らしていたので、その当時は郡兵衛とは面識がなく、初めは編纂所で顔を合わせたとて、会釈を交わすほどであったが、亡父の弟子で最期を見取ったという郡兵衛には親しみが湧いてきた。

武士の父と三味線芸者であった母との間に生まれた春太郎には武士の娘であるという自覚はまるでなく、読本など書いて暮らす郡兵衛には親しみが持てたのである。

郡兵衛は編纂所に起居《ききょ》しているので、なかなか表立って三右衛門に会いに行き辛い。

編纂所の下働きを務めるお光も同じで、鷹之介と三右衛門が真剣勝負をすると聞いてからは、二人で嘆いてばかりいた。

それゆえ、たまに外出をする折に、春太郎にそっと会って、

「三殿の気持ちを変えることはできぬものか……」

と、相談をしていた。

春太郎にしても、大酒飲みで何かと気の合う三右衛門には死んでほしくはない。

鷹之介に会えば、何と声をかけてよいかわからぬので、編纂所に近寄り辛くなっていたのだが、三右衛門が原宿村の百姓家にいると知れると、

「軍幹先生、こうなったらわっちも一世一代の留女になってみせますよ」

と、胸を叩いたのだ。

春太郎が訪ねてみると、三右衛門は思っていた以上に落ち着いていて、型稽古などするわけでもなく、離れの濡れ縁に腰かけ、うつらうつらと居眠りをしていた。

「ああ、嫌だ嫌だ。よくそんな風に落ち着いていられますねえ」

春太郎はずかずかと傍へ寄ると、辰巳芸者らしい気風《きっぷ》の好い物言いで声をかけた。

「何じゃ、姐さんか……」

三右衛門はニヤリと笑った。

このところは柳生邸、京極邸と、大名屋敷に出入りしていたので、春太郎の言葉のひとつひとつが懐かしかった。

「姐さんか？　暢気《のんき》なことを言っている場合じゃあないでしょうよう。いくら水軒先生が強かったって、鷹旦那もなかなかのもんですよ。真剣勝負なんて馬鹿のすることですよう」

「うむ、わしもそう思う」

「手前で強くした相手と斬り合いするなんてどうかしていますよ」

「まったくだな」

「そもそも、鷹旦那のお父っさんと斬り合いなんかするからいけないんですよ」

「そういうお前も、後先考えずに人につっかかることもあるだろう」

「まあ、そりゃあねえ……」

「ついてないことが重なってしもうたが、そのお蔭で頭取と出会えた」

「そう思うのなら、今からでも遅くはないんだ。仕合なんか止めて、どこかへ逃げちまったらどうなんです？」

「そういうわけにもいかぬ。これは上様から命じられた仕合なのでな」

「上様の顔に泥を塗るわけにはいきませんか」

「そういうことだ」

「そんなら、立合うだけ立合って、ここというところで、〝参った！〟と言えば好い」

「わしに負けを認めろと？」

「鷹旦那のお父っさんを殺しちまったんでしょう？　勝ちを譲ったってばちは当りませんよ」

「それをしては、頭取を欺《あざむ》くことになる」

「鷹旦那は声に出さずとも、水軒先生の気持ちはよくわかるはずですよ」

「だが、〝参った！〟はないだろう」

「そんなに武芸者の意地が大事ですか？」

「術を鍛える……。それだけを励みに生きてきたゆえにな」

「鷹旦那と立合うのを決めていたから、登世先生と錬《れん》さんと別れたんですか？」

「ふッ……、痛いところを突きよる」

「武芸者の意地なんかより、もっと大事にしないといけないことがあるはずだ……」

「人それぞれ、こだわりはあるものだ。春太郎姐さんは、富澤春殿となって、惚れた男に寄り添えば、もしや夫婦になれるやもしれぬというのに、そんな素振りすら見せぬ。そのおかしなこだわりと同じじゃよ……」

春太郎は目を丸くして三右衛門を見た。

母親は三味線芸者とはいえ、父は角野流手裏剣術の師範。旗本の妻になるのは厳しくとも、今の鷹之介の役儀の特殊性を考えれば、支配である京極周防守の肚ひとつで道は開かれるであろう。

だが、そんな大それた夢は見ないのが、春太郎の心意気なのだ。

しかし、こうもはっきりと言われたのは初めてで、見事に返り討ちに遭った想いであった。

「ははは、参ったか。そなたは、堅苦しい旗本の妻などになるものか、わっちは三味線ひとつで生きていけるんだ、などと考えているわけじゃ。表向きはな……」

「表向き？」

「いかにも。本音を言うと、鷹旦那にはわっちなんぞよりも、もっと相応《ふさわ》しい人がいる。新宮鷹之介ほどのお人が、わっちなんぞを妻にしていちゃあいけない……、などと考えているのじゃ」

春太郎は図星を突かれて息を呑んだ。しかし、負けてはいられない。

「ああ、頭にきた！　やい！　水軒三右衛門！　お前はそういう新宮鷹之介を斬り殺そうとしているんだ。とんでもない奴だ。かくなる上は、わっちとの勝負の決着をつけてもらうよ」

「勝負の決着？」

「酒の飲み競べですよう」

「ああ、あれはわしの負けであった」

「いや、相討ちで決着はついておりませんよ」

武芸帖編纂所での初仕事は、角野流手裏剣術について武芸帖に記すことであった。

その折、謎の三味線芸者・春太郎に近付かんとして、三右衛門は深川の料理屋〝ちょうきち〟に春太郎を呼んで、飲み競べをした。

今では懐かしい思い出だが、春太郎は相討ちであると言い張る。

「先だっては、し残したことがあるとか言って、昔のお仲間の仇討ちをしたってぇじゃありませんか。ここは一番、わっちとの決着もつけてもらいますからねえ」

春太郎は、きりりとした、いかにも勝気そうな目で三右衛門を睨んだ。

その立姿といい、少し嗄《しゃが》れた色気のある声といい、

──ほんに好い女じゃ。

思わず三右衛門は目を細めた。

こんな仲間を得られるとは夢にも思わなかった。

春太郎は、その目で、

「果し合いとか真剣勝負とか、そんな無粋《ぶすい》なものはお止めなさいな。いい歳をして何を考えているんだろうねえ」

と、訴えかけている。

「手強い女じゃ……」

少し話すだけで、生への執着が湧いてくる。

何とかやり過ごすしかあるまい。

「よし、決着をつけてやろう」

「そうこなくっちゃあいけませんよう」

春太郎はにこりと笑みを浮かべた。

「わっちが負けたら、面倒なことはもう言いませんよう。だが、わっちが勝ったら……」

「どうせよと……？」

「〝参った〟をしろとは言いませんが、勝負を長引かせて、上様に〝もうよい！〟と言わせるようにしておくんなさいまし」

「無茶を言うな」

「水軒先生なら、できないことはありませんよ。いいですね！」

「うむ……」

五

その夜。

春太郎からの呼び出しを受け、新宮鷹之介は、原口鉄太郎を供に、深川永代寺《えいたいじ》門前にある料理屋〝ちょうきち〟へ急いだ。

公儀武芸帖編纂所頭取である旗本の殿様を、料理屋へ呼び出すのは、春太郎くらいのものであろう――。

それにほいほいと乗ってしまう自分にも苦笑しつつ、鷹之介は気が急《せ》いた。

状況が状況だけに、何か起こったのかと思ったのだ。

しかし、これは中田郡兵衛が春太郎と諮《はか》ったもので、〝ちょうきち〟の者には、水軒三右衛門との飲み競べについては知らせぬよう言い含め、

「春太郎姐さんが、急ぎお話ししたいことがあると、言ってなさいまして……」

と、それだけ編纂所に伝えに行くようにと頼んだのだ。

春太郎を間に挟んで三右衛門と鷹之介が直に会えば、戦わねばならぬ定めと心得ている二人の気持に変化が起こるのではないかと念じての策であった。

かつて二人が飲み競べをした時も、店から報せが来て、その飲み代を鷹之介が払いに行った。

それは今も、笑い話として編纂所で語り草になっているのである。

一世一代の留女を勤める――。

春太郎は並々ならぬ意欲をもって、三右衛門にぶつかり、とにかく〝ちょうきち〟へ彼を連れてきた。

〝うわばみ〟と言われた春太郎を相手にすれば、いかに大酒飲みの三右衛門も、大いに酔っ払うはずだ。

すっかり出来上がったところに鷹之介がやって来れば、互いに相手を斬りたくないと、つくづくと思うはずだ。

春太郎にとっては、それが惚れた男への、何よりの心尽しなのだ。

鷹之介も、女心を知らぬ朴念仁《ぼくねんじん》なのは変わっておらぬが、春太郎の自分への想いはわかっている。

しかし、旗本の嫡男として生まれ育ってきた鷹之介には、春太郎がかわいいと思ったとて、どのように彼女の想いに応えてやればよいのかわからぬのだ。

芸者の春太郎は、真と嘘の色里で生きてきた。

春太郎が鷹之介に惚れたというのは、真実でもあり、冗談でもある。

真に扱いが難しいのだ。

――春太郎の奴、何か企んでいるな。

今の鷹之介にはそれがわかる。

そしてそれは、きっと鷹之介のためによかれと思っての企みなのに違いない。

場合によっては、この不思議な女とも、もう会えないかもしれない。

命あるうちに、春太郎の好意を受け止めねばなるまい。

鷹之介は、〝ちょうきち〟で春太郎が三右衛門と飲み競べをしているとは思いもつかないまま、彼女の許へと駆けつけたのであった。

ところが、店の暖簾を潜ると、

「これは殿様……」

店の主が慌てて出迎えて、渋い表情をみせたものだ。

「春太郎の身に何かあったか」

鷹之介は思わず身を乗り出したが、

「実は、その、水軒先生と飲み競べの決着をつけるのだと言いまして」

「三殿と飲み競べを？」

「はい。そのことは言わずに、殿様を呼び出してもらいたいとのことで、まあ何かの遊びなのだろうと思った次第でございまして……」

春太郎の願い通りにしたのだと、主は言った。

「それで、勝負の行方は？」

「水軒先生が早々に勝って、先ほどお帰りになりました」

主は小首を傾げた。

三右衛門と春太郎がここで飲み競べをして以来、〝ちょうきち〟は、武芸帖編纂所馴染の店となっていたが、いつも和気藹々《あいあい》としていた鷹之介と三右衛門が、まさか近々真剣勝負に及ぶとは思ってもいない。

いったいどのような趣向なのか、訳がわからないのも無理はない。

「三殿が早々に勝った……」

話を聞くうちに、鷹之介は春太郎の意図が読めてきた。

ひとまず鉄太郎を、出入り口脇の一間に待たせ、飲み競べの場へ入った。

そこには、とろんとした目の春太郎がいて、さっきまで酒樽の中に浸っていたかのような風情で、

「鷹旦那……。水軒三右衛門は酷い奴ですよ……」

顔を見るや、くだを巻いた。

どうやら三右衛門は、厠へ行くと見せかけて、飲み競べをする前に部屋を出ると、自分用の酒徳利を水に入れ替え、春太郎の徳利には、酒がよく回る薬を入れたらしい。

さすがの春太郎も、五合くらいで大いに酔っ払い、

「この度は、わしが勝たせてもろうたぞ……」

三右衛門は勝手に勝利を宣すると、さっさと立ち去ったという。

春太郎は後になってそれに気付き、

「あのいかさま野郎、覚えていやがれってんだ……!」

ひたすらに毒づいたが、その目は涙に濡れていた。

鷹之介には言わないが、三右衛門が去り際に、

「わしは、お前が頭取と一緒になってくれたら、これほどのことはないと思うていた」

と、言い残したのが、何よりも頭にきたのだ。

「春太郎、わたしと三殿の間に入ろうとしてくれたのだな。気持ちはありがたいが、もう何も言わずにいてくれ」

鷹之介がやさしく声をかけると、春太郎は泣いた。

それは、鷹之介が初めて見る、女の涙であった。

「ええ、何も言いませんよう。何だい、ちょっと前まで笑い合っていたかと思えば、刀を抜いて勝負をするなんて……。だから武芸者なんてものは嫌いなんだよ。わっちは芸者でいるよ。ずうッと芸者でね……」

「春太郎……」

「すみませんねえ、余計なことをして……。あんたも酷い男だよ。もう二十七にもなって、しかるべきところから、しかるべき奥方を迎えずに一人でいるなんて、ま

つたく迷惑な男だよ。そんなあんたのせいで、くだらない夢を見てしまう女が、どれほどいるか……。あんたなんて大嫌いだよ。勝手に斬り合いでも何でもして、死んじまえばいいんだよ。畜生、どいつもこいつも死んじまえばいいんだ。何が武士だ、武芸者だ……」

春太郎は返す刀で、泣きながら鷹之介を詰《なじ》り続けた。

愛想尽かしをすることで、自分の恋情を吐露する――。

そうでないと、自分の気持ちを伝える術《すべ》のない女もこの世にはいるものなのだと、鷹之介は知った。

鷹之介は、春太郎が喋り疲れてぐったりとその場に横たわるまで、彼女の話を聞いてやると、細くしなやかなその体に己が羽織をかけてやり、部屋を出た。

鉄太郎が心配そうに傍へと来て、

「殿、これはいったい……」

「ははは、鉄太郎、ものの見事にふられてしまったよ」

鷹之介は心の内で泣きながら、呟くように言った。

第六章　男女《めおと》

一

春太郎は宿替え好きである。

新しい家へ越すと、

「何だか生まれ変わったような気がするのさ」

だそうで、町を歩いていて小体《こてい》な仕舞屋《しもたや》などが目につくと、すぐに家移りをするのである。

宿替えの最中に見かけた家が気に入り、そのまま越したこともあったし、

「あれ？　ここは前に住んでいた家の隣りじゃないか……」

などということもあった。

「おかしな姐さんだぜ」

町の者達は皆笑うが、武芸帖編纂所の面々には、

「武芸者としては、よい心がけだ」

と、誉められた。

日々戦う者は、一所におらぬのが用心だというのだ。

確かにそうであった。

武芸者の心得は、色里の芸者にも言えることだ。

勝手に惚れて押しかけてくる迷惑な客もいるし、男勝りの気風のよさでお座敷で客をやり込め、恨みを買う時もある。

もちろんそれも、深川永代寺の周辺に限られているのだが、見番《けんばん》と編纂所だけには、その都度《つど》伝えてはいる。

今は三十三間堂《さんじゅうさんげんどう》裏の借家にいるのだが、前日の飲み過ぎで、春太郎は朝からすっきりとせず、横になってばかりいた。

すると正午近くになり、細目に開けてあった格子窓から、げじげじ眉のいかつい

顔が覗いて、

「うまい梅干を持ってきてやったぞ」

という。

「松岡先生……。こいつはありがたい。まあお上がりくださいまし……」

春太郎は、ずきずきとする頭を押さえながら、松岡大八を請《しよう》じ入れた。

「ははは、昨日は三右衛門に一杯くわされたらしいな。それから……」

「鷹旦那に毒突いちまいましたよ……」

春太郎はニヤリと笑った。

大八は、小さな梅干の壺を春太郎の前に置いてやると、

「どうしているかと思ったが、いつもの春太郎姐さんだ。はははは……」

ほっと一息ついて、からからと笑った。

「だって、わっちは春太郎でしかいられませんからねえ」

「まあ、それはそうだな……」

大八は、春太郎が茶を淹れるのを手伝ってやりながら、少し憂いを浮かべて、

「もう二度と編纂所には行かぬ……、などと思うているなら、それも寂しいと思う

てな」

春太郎に労わりの目を向けた。

「今まで通り、気が向いたら遊びに行かせてもらいますよ」

「そうか、それは嬉しい」

「でもねえ、鷹旦那にはきついことを言ってしまいましたからね。行くにしても、ほとぼりを冷ましませんとねえ」

「頭取もさすがに、ふさいでおられたよ」

「そうですか……」

「そなたにふられたと、な」

「ふられた？　よく言うよ……。あの唐変木《とうへんぼく》は、鈴さんと一緒になるつもりなんでしょうよ」

「そうかもしれぬが、頭取はそなたにその気がないと思うたゆえに、鈴殿に心が傾いたのであろう」

「わっちにその気が？　その気ならいくらでもありますよ。でもねえ、この世にはいくら好きでも、一緒になれない恋だってあるんですよう」

「そなたの言う通りだ。頭取も旗本の世継である自分が、己が想いだけで妻《めと》を娶ることはできぬと、思っておいでであったのだろう」

春太郎は自分を慕ってくれているかもしれぬが、旗本の妻になる気などないのであろう。

そう思い続けてきたところ、昨日の愛想尽かしである。

——やはり春太郎は自分に恋をしていたのだ。

改めてそれに気付かされたので、また心が揺らいだのだと大八は見ていた。

「そうなんですかねえ。そんならわっちも、昨日はあんな風に言うんじゃあなかった」

あれだけ詰れば、鷹之介も何の迷いもなく、鈴との婚儀に踏み切るであろうと、春太郎は思ったのだが、

「つい酔っ払っちまって……。わっちとしたことが情けないことでしたよ」

感情が激して、愛想尽かしのつもりが、惚れた男への恨みごとになってしまったようだと、春太郎ははにかんだ。

「それもこれも、水軒のくそ親爺がおかしな薬を盛るからあんなことに……」

春太郎は、梅干をひとつ口に入れると、酸っぱさに顔をしかめた。

「三右衛門はいかさまを仕掛けたかもしれぬが、それで言いたいことを言えたのなら、よかったのだよ」

大八は、自らも梅干をひとつ口にして、顔をしかめながら言った。

「松岡先生は、そう思いますか？」

「ああ、そう思う」

「そんなら、そういうことにしておきましょう。わっちは思い残すことはありませんから、次は鷹旦那が鈴さんの気持ちを慰めてあげるよう、皆で企んであげてくださいまし」

「そなたは好い奴だな」

「ふふふ、だから恋には向かないんですよう」

「なるほどのう……」

大八はひとつ頷くと、

「次の仕合を乗り切れば、頭取はきっと出世をなさるであろう。大身《たいしん》の旗本ともなれば、妻が二人いたとておかしゅうはないはずだ。どうじゃな？」

春太郎をしげしげと見た。

春太郎は、大きく目を見開いていたが、

「何を言っているんですよう」

やがて笑い出した。

「わっちと鈴さんを二人相手にしていたら、あの唐変木の旦那は、きつい女の間に立って気がおかしくなっちまいますよう」

「やはりいかぬか……」

「ふふふ、悪い冗談ですよ。とにかく先生、わっちなら大事ありませんよ。わっちはどんな時だって、勝手に鷹旦那のことを好きになっておりますから。それで好いんですよう」

春太郎は自分に言い聞かせるようにして、熱い茶を飲んで、

「そんなことより、鷹旦那と水軒先生、いったいどうなっちまうでしょうねえ」

溜息交じりに言った。

二

思いの外、春太郎はさばさばとしていたので、松岡大八は大いに安堵した。

せっかくこの二年の間、武芸帖編纂所を手作りで守り立ててきたというのに、水軒三右衛門がいなくなり、それが因《もと》で武芸場に集う仲間達がばらばらになってしまうのは何としても避けたかった。

「とはいえ、それも頭取が無事で仕合を終えられてこそだが……」

春太郎の家を出て、深川の町を歩きつつ、大八は独《ひと》り言《ご》ちた。

繁華な通りの賑《にぎ》わいが、今日はやけに眩しかった。

道行く者達が皆、楽しそうに思えてならない。

世は天下泰平である。

民衆がそれぞれの幸せを求めて生きていける、真によい時代だ。

〝旗本八万騎〟などというが、そんなに武士がいてどうするのだと誰もが思っているであろう。

とはいえ、泰平の世などというものは、砂上の楼閣のごとく、真に頼りないものである。

外敵が突如攻め込んでくるかもしれぬし、享楽にふける民を見て、

「これでこの国はよいのか！」

などと勝手に憤慨して、世直しの旗の下一揆《いっき》を起こす者がいるかもしれぬ。

いざとなれば、やはり武力をもって平和を守らねばなるまい。

日頃から国は兵を養い、兵はいつでも戦えるように武芸鍛錬を欠かしてはならない。

そのために武芸はある。

しかし、そんなものはあり余る武士達にさせておけばよいのだ。

そもそも松岡大八は、播州龍野《ばんしゅうたつの》の石工《いしく》の倅として生まれた。

十二の時に、二親を相次いで亡くし、彼は城下の円光寺《えんこうじ》に拾われ、寺男となった。

この円光寺が、かの二天一流《にてんいち》の剣豪・宮本武蔵《みやもとむさし》ゆかりの寺で、剣術の稽古場にもなっていた。

門前の小僧は、習わぬ経を覚える前に、剣術を覚えてしまった。

生来、体格がよく力持ちであったからか、筋のよいのを見込まれて、彼は〝松岡大八〟などと名乗って、やがて一端の武芸者となったのだ。

だがあの時、経を覚え、学問を身につけていたら、また違う生き方をしていたのかもしれない。

僧にならずとも、学才を買われて町役人になったか、商家に身を寄せていたとも考えられる。

いずれにせよ、命のやり取りなどしなかったであろうし、斬られる痛みも、人を手にかける心の痛みも覚えたりはしなかったはずだ。

そう考えると、水軒三右衛門も同じではないか。

彼は庄屋の息子に生まれたが、庶子《しょし》であったがために辛い仕打ちに遭い、武芸に自分の活路を見出したのだ。

なまじ武芸の才があったがゆえに、三右衛門は堪《こら》え性《しょう》もなく家を出たが、そうでなければ堪えるべきは堪え、家の指図に従って生きたはずだ。

辛い仕打ちに遭ったとはいえ、庄屋の息子である三右衛門は、食うに困らぬ暮らしを送っていたはずだ。

いつかは別家を建ててもらい、温暖なる紀州の地でそれなりの大百姓の主として、女房子供に囲まれ穏やかな人生を歩んだのに違いない。

そこへいくと、春太郎は実にしっかりとしているではないか。

武芸者の娘として生まれ、それが縁で旗本の殿様と出会い親しんだが、彼女は決して武家の門を潜ろうとはしない。

あくまでも芸者の顔で生き抜かんとして、意志を曲げない。

いつか年を経て、誰よりも穏やかに暮らしているのではないかと、大八は妙に考えさせられていた。

これまでは何があろうと、

「武芸者として生きてきたことに、何の悔いもない」

そう思い続けてきた。

どんな辛いことがあろうと、

「ひとつの術を身に付けた時の喜びは、何にもかえ難いものだ」

その発想しか浮かんでこなかったからである。

それが今、人の幸せとは何かという疑問に悩まされるというのは、

「もはや、習得の時期を終えてしまったからであろうか……」

あらゆる術に挑み、それを身に付けた日の栄光も、歳を取るに従って影を潜め、

——果してこれが自分の行き着いた境地なのであろうか。

と、思い知らされることが増えた。

山の頂に登りつめれば、後は下るしか道はない。

——だが、これが山の頂ならば、あまりにも低い。

この高みに己が幸せを見出してきたのなら、それは空しいことである。

大八は、次第に三右衛門が羨ましくなってくるのを覚えた。

三右衛門が、河渕剛太郎一党との果し合いに臨んだ時、大八は、鷹之介の供をして助太刀に向かった。

その後、鷹之介は三右衛門とはほとんど言葉を交わさぬまま別れたが、編纂方の相役にして盟友である三右衛門と大八である。

さらりと別れるのも後ろ髪を引かれ、

「頭取、少しだけ話してから帰りとうござりまする」

と断りを入れ、百姓家に戻る三右衛門と歩きながら話をした。

「大八、お前を編纂所へ引っ張り出しておいて、このような仕儀になるのは、真にすまぬ……」

三右衛門は、これまで新宮孫右衛門との因縁について黙っていたことを友に詫びた。

「いや、三右衛門のお蔭で、武芸者としての生命が二年延びた。ありがたいと思うておる。ただのう、これほどまでに頭取に肩入れをしておいて、その頭取と真剣勝負をするのはどうしたものじゃ」

大八は、三右衛門に対して、感謝と不満を同時にぶつけた。

「すまぬ……」

三右衛門は、それしか言えぬ。

「今の境地は……」

大八は止むなく問うた。

今生《こんじょう》の別れになるかもしれぬのだ。武芸者としての心を知りたかった。

「それならば、山の頂にいて、やっと帰路につけるという、ほっとした想いじゃ

……」

三右衛門は、しみじみとした口調で、そのように告げた。

本来ならば、

「世に並びなき武芸達者」

と、称せらるべき男が、運命のいたずらに翻弄され、回り道をしながら、自分が目指す武芸の高みにやっと辿《たど》りついた。

それが、新宮鷹之介との仕合なのだ。

彼の修練の締め括りがやってきた。

仕合の勝敗がどうなろうと、最上の相手と立合い、それをもって三右衛門の修行は終るのだ。

これほど安らかなる境地はないのであろう。

大八には、今になって三右衛門の答えが痛いほどわかるのだ。

何をもって修行の終りとするのか――。

武芸者は、それがわからぬまま老いさらばえていく。

身に備った技が、若き日の気力体力を補って余りある年代も、もはやこれまでと、四十半ばを過ぎて、大八は日々自覚をしていた。

――三右衛門は、さぞかしほっとした想いなのであろう。討ち死にをする恐怖など、この安らぎに比べたら取るに足りぬ境地なのに違いない。

そのように思うと、大八は三右衛門が羨ましくなってくるのだ。

一方、鷹之介は若い熱情が、討ち死にの恐怖に勝っているのであろう。

――これは、凄まじい仕合になろう。

やはり、いずれかの討ち死には避けられまい。

大八は、現在仕える頭取と、盟友の真剣勝負に気を揉みながら、そこに自分の武芸者としての感傷を絡ませ、叫び出したい想いであった。

今日は、鷹之介が編纂所の面々を気遣い、

「息抜きに、一日外で遊んでくればよろしい……」

と、それぞれに一両を渡し、仕事を休ませてくれたのだが、大八にとってはまるで息抜きにならず、千々《ちぢ》に心が乱れる一日となっていた。

そして懸命に心を落ち着けると、春太郎の鷹之介への想い、鷹之介と三右衛門の仕合を知らされたにもかかわらず、未だ沈黙を守っている藤浪鈴のことも気になってきた。

頭を抱えて道行くと、前から勇《いさ》み肌の若い衆が五人、肩で風を切ってやって来て、ふらふらと歩く大八を、

「何だ、このでけえおやじは……」

とばかりに睨みつけた。

大八は、こ奴らもまた若い勢いで恐さ知らずで、日々の暮らしを楽しんでいるのであろうと、怒る気も湧かず、

「お前達、頼むからおれを怒らせないでくれ……」

と、腹の底から絞り出すような声で彼らを見回した。

その声は地獄の使いのごとき不気味さと、圧倒的な凄みを放っていた。

五人は、それなりに修羅場を潜っているのであろう。

何があっても喧嘩を売ってはいけない相手と遭遇してしまったと悟り、すぐに目を伏せた。

「気をつけよ。どれほどの達人でも加減ができぬほど、気が塞いでいる時もあるのだ。おれを怒らせるな。よいな……」

「へ、へい……」

五人はすぐさま大八に道を譲って平身した。

「すまぬな……」

大八は、自らも小腰を折って通り過ぎた。

武芸者が何たるものかを考え、思い悩んでいる時に、町の者達相手に揉めるのは、何としても避けたかった。

下手をすれば、一人二人死なせてしまうほど、大八の中で正体不明の怒りが渦巻いていたのである。

――よし、芝へ行こう。

大八の足は、ひとりでに芝の柴井町《しばいちょう》に向かっていた。

三

東海道筋の町屋に挟まれた通りを南へ向かうと、芝柴井町へと出る。

東に切れる通りを入ったところに、桧山和之進《ひやまかずのしん》という医師が開いている医院がある。

和之進の妻は留衣《るい》といって、大八の妻であった八重《やえ》の妹で、八重はその縁でこの医院を手伝っている。

女二人の他には、和之進の弟子も今では三人もいる。

人が増えればそれだけ患者も増え、医院はいつも人で賑わっていた。

このところ、松岡大八は、外出の度にここを訪れ、八重の手助けをしながら、あれこれ近況を語るのを楽しみにしていた。

八重との間には千代《ちよ》という娘を生《な》したが、武芸一筋で貧乏暮らしが続き、大八は自分の不注意から千代を死なせてしまう。

まだ幼かった千代の死は、大八と八重の間に埋めることの出来ぬ溝を作り、大八は八重のためにと夫婦別れをして、諸国行脚を続けた。

しかし、武芸帖編纂所に編纂方として落ち着いた後、大八は十三年ぶりに八重と再会した。

これには新宮鷹之介の細やかな気遣いがあり、その後独り身を貫いていた八重と大八は、また心を通わせ合うようになった。

大八は暇がある時は、八重の許へ通い、医院の手伝いを続けてきた。

武芸者である大八は、傷の手当には長けていて、医院では随分と重宝《ちょうほう》がられた。

朴訥《ぼくとつ》で陽気、大きな体に愛敬が溢れ、

「今日は松岡先生がおいでと聞いて、やってきましたよ」

という患者も多い。

夫婦別れをしたものの、大八と八重はまだ正式に離縁していたわけでもなく、

「八重さんの旦那様」

と、患者達はもうすっかりとそのように大八を認めている。

大八は、八重が嫌がると思い、初めのうちはそう言われると八重の顔色を気にしていたが、今では八重もそれをすんなりと受け容れている。

鷹之介は、

「大殿、もういっそ八重殿と編纂所で一緒に暮らせばよいのでは？」

そう言ってくれていたが、何やらそれも照れくさいし、医院の手伝いに生き甲斐を見つけている八重の暮らしを乱してはならぬと思い、

「いや、こうして時に某が医院へ手伝いに行く方がよろしいのです」

そのように応えていた。

八重はすっかりと心を開いてくれているし、もう大八を自分の夫だと人にも話している。

夫婦としての新たな暮らしは、今のままで少しずつ時を後戻りさせていくのがよいのだと、大八と八重は互いに思っている。

そして、大八は八重との一時に心の安らぎを得ていた。

医院を覗くと、

「これは松岡先生……」

患者達は一斉に大八を見て頬笑んだ。

「いや、近くを通りかかったのでな」

大八は照れながら、決まり文句を言った。

八重はすぐに大八を迎えると、

「少し出ましょうか」

大八が何か話したそうにしているのを見てとって、囁《ささや》くように告げた。

「うむ、そうしよう。ちと話しておきたいことがあってな」

「ごゆっくりどうぞ……」

患者達に冷やかされながら、和之進と留衣に頭を下げて、増上寺《ぞうじょうじ》の堀端へと連れ立って歩く。

これも近頃の決まりとなっていた。

このような一時が今の自分にはある。

水軒三右衛門のような武芸者としての高みには、身を置けなかったかもしれないが、

――そうだ。三右衛門を羨むのはよそう。

八重の顔を見た途端、大八はそのように思った。

「何か大変なことがあったようですね」

医院を出るとすぐに八重が言った。

「大したものだな……」

十三年の間、別れたままになっていたというのに、八重は大八の顔色を瞬時に判じることが出来る。

「そなただけには伝えておこうと思うてな」

大八は、鷹之介と三右衛門の因縁と、やがて行われる二人の真剣勝負について、語り聞かせた。

「そうでしたか……」

八重はしばし絶句した。

「それから色んなことがあってのう」

今は、春太郎を見舞った帰りだと、大八はやり切れぬ想いを吐露した。

堀端での会話はいつも他愛ないもので、どちらかというと、大八が八重の医院での出来事を聞くことになるのだが、このような時こそ夫を支えるべきだと、八重は気を引き締めて、

「殿様と水軒先生のことは、間に立たれてほんに辛うございますねえ」

と、まず大八を労った。

「ああ、まさかこんなことになるとは、夢にも思わなんだ……」

「わたしなどには考えも及ばないところですが、あのお二方がお選びになったことです。そこには大きな意味があるのでしょう」

「うむ。そうだな。おれもそう思うが、春太郎を見ていると、何やら辛うてな」

「わたしは、殿様は春太郎さんの言うように、しかるべきお方を妻としてお迎えになるべきだと思います」

八重はきっぱりと言った。

「八重はそう思うか」

「はい。殿様は武芸帖編纂所というお役所をまずは落ち着かそうと、お骨折りをなさるばかりに、独り身を貫かれたのでしょうが、武家の頭領は、奥方を迎え、家を盤石《ばんじゃく》なものにするのも大事なお務めかと思います」

「うむ、その通りだな。春太郎は思い切ろうとしているのだ。頭取はその想いを無にせぬよう、ここは鈴殿を妻に迎えるべきなのだ」

「わたしもそう思います。春太郎さんは強い人なのでしょう」

「ああ、強い……」

「周りの者が気遣う方が、むしろ辛いと思います。時の流れはありがたいものです。色んな屈託や悲しみを洗い流してくれましょう」

「時がたてば、な」

「わたしとあなたがそうではありませんか」

八重はにっこりと頷いてみせた。

「ははは、今の言葉はおれにとっては何よりの宝だ」

大八は、すっきりとした顔を八重に向けて大きく頷き返した。

四

松岡大八は、八重との一時で落ち着きを取り戻した。

それからすぐに武芸帖編纂所に戻ると、いつも通り書庫で書き物などしている新宮鷹之介に、

「ただ今帰りましてござりまする」

にこやかに挨拶をした。

書庫には中田郡兵衛もいて、こちらもいつも通りに書類の整理をしていたし、お光もてきぱきと立廻り、それを手伝っている。

「何だ、大殿も戻ったのか。皆、もっとゆるりと遊んでくればよいものを……」

鷹之介は苦笑した。

日の暮れまでは、まだまだ時がある。

外は穏やかな冬晴れというのに、三人共よほどこの武芸帖編纂所が好きとみえる。

鷹之介はそう思うと、何やら切なくなってきたようだ。

水軒三右衛門との仕合は迫っている。

鷹之介の許でその後も、この編纂所での日々が送れるものかどうか――。

心に不安を抱えながらも、自分達はいつものようにここで勤め、頭取を送り出すのだという意思が、鷹之介にはひしひしと伝わってくる。

大八は高らかに笑って、

「わたしは編纂所にいるのが何よりも楽しゅうございまして、もはや遊ぶところを見失うたようでござりまするな」

彼もまた書庫で武芸帖の整理を始めた。

春太郎の様子を見てきたことは、一言も口にしなかった。

鷹之介は、大八のことであるゆえ、或いは春太郎を見舞いに行ったのではあるまいかと薄々感付いていたが、大八が語らぬのであれば訊かずともよいと、何も言わなかった。

訊いたところで、春太郎の気持ちは何も変わらないであろうし、そっとしておくのがよいと、鷹之介なりに考えていたのである。

――滅ばんとしている武芸の流派を見つけ出し、武芸帖に書き記す。

それが武芸帖編纂所の主な仕事であった。

このところは、番方の武士達の聞き書きと、それを上書した後の御前仕合に忙しく、本来の務めが出来ていなかった感がある。

――新たに調べるべき武芸を見つけねばなるまい。

鷹之介は、それを大八と相談しようかと思ったが、三右衛門との仕合はもう数日後となっていた。

見つけたところで、最後まで調べられるかどうかははっきりとしない。

――その上、あの書付は編纂所にはないのであった。

〝あの書付〟とは、水軒三右衛門が記した巻物である。

彼がこれまで武芸者として生きてきた中で出合った武芸の数々がそこに記されていて、それを元にして武芸帖の編纂事業が何度も進められていた。

巻物といっても、三右衛門が思うままに書きなぐった代物《しろもの》で、一見すると何が何やらわからない。

そのあたりが、いかにも三右衛門らしいのだが、今となればあの書付が懐かしく思われた。

――今はただ、これまで仕上げてきた武芸帖を、じっくりと再読しよう。

鷹之介は、頭取としての務めをそのように決めたが、平常心を保つはずが、訳がわからない胸の高鳴りがし始めた。

真剣勝負が恐いのではない。

討ち死にを遂げる覚悟は出来ている。

水軒三右衛門を、父の仇と恨んでもいない。

しかし、どうも胸の鼓動が高まる。

春太郎への想いか。

鈴への想いか。

――いや、そんなことは、いずれも取るに足りぬ。

自問する鷹之介は、その答えを見つけられずにいた。

大八は、そんな鷹之介の様子をそっと窺い見て、

——何と美しい姿であろう。

と、感じ入られずにはいられなかった。

大八には今の鷹之介の心境が、おぼろげながらわかる。

何に対しても臆するところはない。欲も未練もない。

しかし、正体不明の感情に見舞われる。

大八にも若い頃、そんな瞬間が何度かあった。

それと鷹之介の感情とは、きっと種類が違っているのかもしれないが、ひとつ言えるのは、鷹之介は今、己が幸せに気付き始めているのではなかろうか——。

慕っていた三右衛門との因縁の仕合。

明日を知れぬ己が命。

それに直面している自分に、どのような幸せがあるのか。

その想いが、身に溢れる幸せを気付かせずにいたのではなかろうか。

大八は、しばし鷹之介の姿に見惚れながら、

——人の心の内を慮《おもんぱか》るなど、おれの柄ではないが、あの御方のお蔭で、少しは年相応の分別が身についたようじゃ。

息子くらいの歳の者に教えられ、成長させられることもあるのだと、大八はこの二年で気付いた。

そして人へのお節介《せっかい》が、何よりも楽しいということも――。

「頭取、ちと野暮用を忘れておりました。放っておいては気になりますゆえ、又、出てすぐに戻って参りまする！」

大八はそう言って、きょとんとした目で見送る鷹之介を尻目に、再び編纂所を出た。

それから彼は、お節介という野暮用を果さんとして、密かに隣の新宮邸を訪ね、高宮松之丞と小半刻（三十分）ばかり話した後、また外出をした。

その表情は浮き立っていて、足取りも弾んでいた。

五

翌日の昼下がり。

新宮鷹之介は、松岡大八の野暮用の意味を知ることになった。

昨日、屋敷へ戻ってみると、老女の槇が、

「先ほど松岡先生がお見えになっていたようにございます……」

と、言いかけて口を噤んだ。

何か高宮松之丞に用があったのであろうが、それを松之丞に口止めされていたのを、どうやらすっかり忘れていたらしい。

「左様か……」

鷹之介は、時期が時期だけに、松之丞も自分が心配で、そっと大八を呼び出して、編纂所での様子を訊ねているのだと思い、何も問わなかったのだが、

——きっとこのことであったのだろう。

と、納得した。

藤浪鈴が、編纂所に現れたのである。

この日は若衆髷《わかしゆまげ》に両刀をたばさんだ男装ではなく、髷は吹輪《ふきわ》で打掛《うちかけ》姿の武家の婦人としての登場であった。

家士の村井《むらい》小六《ころく》達、供の者に侍《かしず》かれてのおとないは、一幅の絵を見るかのような華やかさであった。

新宮家の屋敷を訪問するのではない。

公儀別式女である鈴は、武芸帖編纂所への出入り勝手を、将軍家から許されている。

それゆえここで鷹之介と会うのは公務として取り扱われる。

旗本のまだ妻帯しておらぬ当主に、こうしていきなり会いに行くことも出来るのである。

となると、やはり男装で出向く方がよいのであろうが、今日の鈴は心に秘める想いがあった。

新宮鷹之介と水軒三右衛門が、真剣勝負を行うことになったと報された時。

鈴はさすがに取り乱した。

かつては五万石の大名・藤浪豊後守《ぶんごのかみ》の息女《そくじょ》。それが、幼い頃から男勝りで薙刀《なぎなた》の名手として育ち、父・豊後守を籠絡《ろうらく》し家政を乱した奸臣《かんしん》を討ち果した。

藤浪家改易《かいえき》の後は、人に心を開かず染井《そめい》村に隠棲《いんせい》していたのを、公儀別式女として再び世に出したのが、武芸帖編纂所であった。

以降、鈴は鷹之介を慕い、編纂方の三右衛門と大八の武芸を敬い、教えを乞うてきた。

当然、三右衛門の腕のほどはよく知っている。

まさか二人が、思いもかけぬ因縁で結ばれていて、今になって仕合に臨むとは——。

娘の頃を過ぎ、二十二になる鈴とはいえ、落ち着いてはいられなかった。

すぐにでも武芸帖編纂所を訪ね、鷹之介と会っておきたかったが、武芸者として鷹之介の稽古相手になるほど、刀法の実力はない。

何かと自分を気にかけてくれている鷹之介の心を乱すようなことになってはいけないと、これまでは堪えてきた。

しかし、昨日、雉子《きじ》橋の屋敷に松岡大八が訪ねてきて、

「何卒、編纂所にお越しくださりますよう、お願い申し上げまする」

と、言上した。

将軍家もこのところ、思うところがあったのであろう。

「登城を促すまでは、屋敷にて控えているように……」

とのお達しがあり、鈴は大八と会うことが出来た。

「これは松岡先生……」

大八に会うや、鈴は声を弾ませた。

鷹之介に会えずとも、編纂方の松岡大八に会えたなら、そこに愛しい殿御の面影が見えてくる。

水軒三右衛門は、大八のことを、鷹之介に劣らぬ〝唐変木〟だと言っていた。

しかし、その大八でさえ、鈴の表情を見れば、鈴が自分を通して鷹之介の姿を頭の中に思い描いているのがわかる。

「鈴殿……。大名家の姫君であられる貴女様を俄にお訪ねした上に、かく不躾《ぶしつけ》なお願い、真に無礼と存じ上げまするが、これは武芸場にて共に鍛えた者として、頭取には何も訊かず、某が高宮松之丞と諮った上で参ったことにござりまする」

大八は、鷹之介と鈴は互いに仕合の日までに会っておきたいと思いつつ、相手の心を気遣って、このまま会わずにいるつもりなのであろうと察していた。

「つまるところ、頭取、鈴殿、いずれかが腰を上げねば、このまま仕合の日を迎えてしまいましょう。御前仕合となれば、鈴殿も観覧することになるのではありますまいか。いきなりあの二人の仕合を御覧になるのは、それも心が痛みましょう。申し訳ござりませぬが、頭取は朴念仁で唐変木でござる。どうか、お顔を見せてさし上げてくださりませ」

それが新宮家の願いでもあるし、高宮松之丞は、

「殿が御不興《ふきょう》ならば、某が皺腹《しわばら》搔き切って、お詫び申し上げまする」

そのように伝えるよう大八に告げたのだ。

そうまで言われては、じっとしている鈴ではない。

「畏まりました。明日お役所へ押しかけまして、頭取の御武運をお祈りした上で、水軒先生の御無事を重ねてお祈りいたしましょう……」

鈴は、武芸帖編纂所からも新宮家からも求められているのだと、編纂所の武芸場における刀法の師である大八に力説されると、呪縛《じゅばく》が解けたように、力強く応えたものだ。

「押しかけまして……」

とは、いかにも鈴らしい言葉である。

大八は赤坂丹後坂へとって返し、新宮家の屋敷との境の塀の向こうから、武芸場に置いてある大薙刀《おおなぎなた》を、夜の五つになってかざして見せた。

高宮松之丞はその合図で、翌日の鈴の来着を確かめ、この日を迎えたのであった。

六

「鈴殿、よくぞお越しくだされたな」

鷹之介は、武芸場の隣にある書院に鈴を請じ入れると、満面に笑みを湛え、彼女のおとないを喜んだ。

これが、松岡大八と高宮松之丞の策謀であるとはすぐに気付いたのだが、鈴の美しい切れ長の目を見た途端、自分がいかに鈴に会いたかったかが実感として込み上げてきたのだ。

「水軒先生と、真剣で立合われるとお聞きしてよりこの方、いても立ってもいられぬ想いでございました」

鈴は凛《りん》とした声で、はっきりと己が気持ちを伝えた。

「上様におかれましては、来いと言うまで屋敷にいるようにとの仰せ……。この仕合を知れば、お務めに上がったとて、使いものにならぬとお気遣いくださったのでございましょう」

そして、自分の鷹之介への想いを、既に将軍・家斉は見透かしているのであろうと、はにかんでみせた。

「それはまた、辛い想いをさせてしまいましたな。鈴殿には直に会うて、三殿との仕合について告げねばならぬと思うていたが、何ゆえこのような真剣勝負に臨むのか、この鷹之介ですらわからずにいる……。自分でさえもわからぬのなら、鈴殿に何と話せばよいのか、それを考える間に時が過ぎてしもうた。お許しくだされ」

鷹之介は、真直ぐに鈴を見て言った。

父・孫右衛門を討ち果した三右衛門に恨みはない。

死なせた男の息子を、自分以上に強くした上で、正々堂々と仕合をせんとした三右衛門の心意気には感動すら覚える。

勝負をするなら、袋竹刀でもよいのだ。

だが、父が真剣勝負を望んだというのに、父を討たれた息子が、命惜しさに袋竹刀で戦うわけにはいくまい。

武門を受け継ぐ者は、先祖の魂をも体に背負っている。

その魂が、自分に真剣勝負をすると言わせたのであろう。

鷹之介はそう思っているが、それを鈴に語るのは何やら未練がましい気がして、口に出せずにいた。

「松岡先生同様、水軒先生はわたくしにとっての、武芸の師と仰いでおりました。あのお方と頭取が真剣勝負をなされるのは、定めであり、何人も止められぬものなのでございましょう。わたくしは、頭取のご武運をお祈り申し上げ、水軒先生のご無事をもお祈りしとうございます」

鷹之介が勝利し、三右衛門が死なぬ結末を望んでいると、鈴は素直な想いを告げた。

「ははは、そうありとうござるな」

鷹之介はにこやかに応えると、

「とは申せ、わたしが命を落すことも十分に考えられましょう。命あるうちに鈴殿に申し上げておこう」

居ずまいを正した。

「はい……」

鈴の目にも光が宿った。

今は、書院で二人だけの対面であるが、さぞかし高宮松之丞も、松岡大八も一間の外で気を揉んでいることであろう。

今日こそは、はっきりと言おう――。

「わたしが仕合を終えて生きていれば、鈴殿を妻として、隣りの我が屋敷へ迎えたいのだが、いかがでござろう」

鷹之介は、大きなよく通る声で言った。

鈴は、まじまじと鷹之介の顔を見つめていたが、

「いかがでござろう……、とはお情けなき申されようにござりまする。我が屋敷へ来いとお申しつけくだされば、これほどのことはござりませぬ」

やがて彼女もまた、武芸で鍛えた声ではっきりと応えた。

「ならば鈴殿……」

「妻になれると信じておりまする。どうぞ幾久しゅう、お願い申し上げます」

武芸者同士の恋である。

互いの想いが激しくぶつかり合ったとて、そこに涙などはない。

このような実に爽やかな求婚と快諾など、武家の婚儀では異例のことである。

「上様のお許しを得ねばならぬな……」

「いえ、お許しがなくとも鈴は嫁がせていただきます」

「ははは、声が高うござるぞ」

「ほほほ……」

鷹之介は、これで存分に仕合に臨めると、気合を入れ直して、

——爺ィ、大殿、軍幹先生、お光……、皆、聞いているか。もう鷹之介を、朴念仁とか唐変木とか呼ばせぬぞ。

頰に朱がさす、美しい鈴の顔《かんばせ》を見つめながら、心の内で叫んでいた。

第七章　真剣勝負

一

文政三年十一月十一日。
いつものように、将軍・徳川家斉は六ツ時に起床した。
宿直《とのい》の小姓《こしょう》が、
「もう」
と触れ出し、彼の一日は始まる。
宿直の小納戸《こなんど》役は、すぐに御小座敷《おこざしき》上段之間に毛氈《もうせん》を敷き、洗面の支度を調える。
調度《ちょうど》は漆《うるし》塗に金の葵《あおい》紋付きと、いずれも見事なもので、歯医者が特別に拵えた歯磨粉の塩は赤穂《あこう》の上質なものが使われている。

それがすむと、御髪結となる。

髭《ひげ》、月代《さかやき》を剃り、大銀杏《おおいちょう》に髪を結うのだが、これに当る〝御髪番《おぐしばん》〟は六人。

この間に将軍を診察する医師が十人。

本道《ほんどう》、外科など各分野の医師が、入れ代わり立ち代わり務めるのだ。

それがすむと朝食の膳となり、家来達のなすがままに時が過ぎる。

将軍になって三十一年になるゆえ、今ではこの朝の過ごし方も当り前になったが、

——この身は今にも壊れそうな、骨董の品のような。

時折、自分自身がおかしく思える時もあった。

将軍とは何か。武門の頭領ではないか。

武士の頭領は、ただ武芸優秀というだけでは務まらぬ。野に伏し山に伏し戦う兵士達の苦労を解し、いざという時は共に地獄に突き進むだけの胆力と荒々しさが必要なのだ。

こんな操り人形のごとき暮らしを送っていてよいのだろうかと、つくづく思われるのである。

この日は特にその想いが浮かんでくる。

とはいえ、家臣達が決めたことを黙々とこなして彼らを安心させてやるのも将軍の務めなのであろう。

家斉の心の内は千々に乱れていた。

その原因が、新宮鷹之介と水軒三右衛門の真剣勝負にあるのは言うまでもない。

仕合は今日の八ツ時に執り行われる。

自らが召した仕合であるだけに、何を考えたとて詮なきことなのだが、

「おもしろうないことじゃ……」

という想いから逃れられない。

将軍である自分が、たかだか三百俵取りの旗本と、一介の武芸者の仕合に心を乱されている現実が気に入らないのだ。

だが、取るに足りぬ二人とはいえ、

「いずれも死なせとうはない」

彼のやさしさが、じわりじわりと心の底から湧いてくる。

自分の想いを、二人はわかっているはずなのだ。

それなのに、二人は真剣勝負を望み、引くところを知らぬ。

十四年前の鷹狩の日。

成り行きに任せて、新宮鷹之介の父・孫右衛門と水軒三右衛門の真剣勝負を許してしまった、自分の未熟さが悔やまれる。

あの折はまだ三十歳を少し過ぎたくらいであった。

武芸達者同士の立合を、目の前で見たくなった。

真剣で立合えば、いずれか一人は討ち死にを遂げる恐れは十分にある。

しかし、それがいかなるものか見てみたいという欲求が勝った。

柳生俊則という将軍家剣術指南役を立会人とすれば、そこはよきところで二人を捌き、大事なく終らせてくれるはずだ。

その想いがあったとはいえ、あの折自分の心の内には、一方で血しぶきのあがる斬り合いを目撃したいという、無責任な期待があったのに違いなかったのだ。

実際、家斉は二人の立合には息を呑んだ。

それと同時に、言い知れぬ恐ろしさに襲われてもいた。

孫右衛門と三右衛門が、風に衣服を揺られながら、互いに間合を取らんと、じり

じりとすり足で詰め寄る様子は、実に緊迫していて、柳生俊則はもちろんのこと、

——いかぬ、このままでは相討ちになってしまう。

幼き頃から、一通り武芸を仕込まれてきた家斉にもわかっていた。

叫び出しそうになるのを抑えて俊則を見ると、俊則が二人に静かに歩み寄るのがわかった。

——何とかなろう。

そう思ったのも束の間、強烈なる一陣の風が辺りを吹き抜け、俊則の目を眩ませ、立合う両者の剣気を僅かに狂わせたのである。

結果、孫右衛門が討ち死にを遂げた。

素晴らしい真剣勝負を見られたことは、武士としては果報であったが、あらゆる事態を想定してから、家来を戦いの場に送ることが将の務めであろう。

あの日、家斉は自責の念にすぐさま襲われた。

とはいえ、真剣勝負を望んだのは二人である。

納得尽くで戦い死んだゆえ、それは武士の本望と受け止めてやることが、死んだ孫右衛門への餞《はなむけ》だと思い直した。

それと同時に、新宮家の武門の意地も守ってやらねばなるまい。

三右衛門がその場で腹を切って果てていれば、両者の死によって、この勝負については恒久に終らせることが出来たであろう。

だが、自分の配慮が欠けていたがゆえに、二人の有望な士を死なせるのは忍びなかった。

柳生俊則を師として崇《あが》めつつ、誰にも追従《ついしょう》せず、どこまでも己が剣を貫く三右衛門を、家斉は気に入っていた。

「今は思うがままにさせておき、あ奴が真に武芸を極めた折に召し出して、有無を言わさず召し抱えるつもりである」

と、俊則にも予々《かねがね》そのように申し伝えていたほどだ。

いつか召し出せる日がくるのを信じて生かしておきたかった。

そういう想いをすべて含んだ上で、

「どうしても気が済まぬと申すなら、孫右衛門の倅が成長の砌《みぎり》に、武芸者らしゅう勝負をいたせ」

と、咄嗟《とっさ》に申しつけたのだ。

倅の鷹之介はまだ十三である。成長して戦えるまでには長い歳月を要する。これが三右衛門を死なせたくない方便であることくらい本人に通じていると思っていた。

そして鷹之介は、実に心根の美しい若者に成長していく。

新宮家の武門の意地を立ててやるためにはいつか鷹之介に孫右衛門の死の真実を打ち明け、三右衛門と正々堂々と仕合をさせて決着をつければ恰好もつこう。

この仕合は、父の仇を討つための血なまぐさいものであってはならない。

それでも鷹之介とて、初めて顔を合わす相手が、父を討ち果した武士と知れたら、

――何としても父の無念を晴らしてやる。

と、気が昂ぶるに違いない。

だが、自分の武芸を完成させてくれた相手となれば、そのような敵愾心《てきがいしん》を抱くまい。

彼《か》の若武者ならば、自分を育てれば育てるほど強敵となるというのに、命がけで武芸帖編纂所のために尽くしてくれた三右衛門に謝するはずだ。

将軍家が仕合を所望すれば、その場は三右衛門からの武術伝授であると心得、立合に臨むに違いない。

この仕合はきっと爽やかな、美しい武士の情に溢れたものになると、家斉は確信していた。

鷹之介を武芸帖編纂所の頭取に据え、三右衛門を編纂方として付ける。

これを思いついた時は、してやったりであった。三右衛門もこの案を喜んで受けて励んだ。

それがまさかこんな結末を迎えるとは夢にも思わなかった。

仕合の仕儀を鷹之介の望みに任せると、若年寄・京極周防守を通じて伝えたのも、新宮家の面目を立ててやってのことであったものを――。

鷹之介は家斉の真意を知りつつ、仕合をするからには真剣勝負で臨むのが、将軍への忠義であり、新宮家の当主としての意地であり、三右衛門への礼儀だと考えたのだ。

十四年前の自分の至らなさが、時を経て再びの悲劇を生もうとしている。

鷹之介も三右衛門も責められぬゆえ、家斉は、このところずっとやり場のない怒りを覚えていた。

日の本の政《まつりごと》を統《す》べるべき立場にある自分が、本日これから執り行われる仕合に心を乱しているとは何たることか。

家来達に侍《かしず》かれ、朝食を終えるまでの間、家斉は何を見ても、何を聞いても心ここにあらず不機嫌を貫いていた。

武士は主のために死ぬ。

それが美徳であるならば、

――真にいい気なものよ。死にたくば皆死ねばよい。

天下人の自分は、死ぬことさえ許されていない。

――何が武士の頭領じゃ。

やがて家斉はこのところの己が不興に決着をつけてやると、俄に食膳に箸を置いて立ち上がると、

「周防守を呼び出せ！」

荒々しく声をあげた。

二

水軒三右衛門は、その日を京極周防守の上屋敷で迎えた。

屋敷の主の周防守は早朝から登城していて、三右衛門は迎えの者が来るまでは、屋敷内の武芸場で体を馴らした。

京極家にも腕自慢は多い。

俄に時の人となった三右衛門の武術に触れたいと、

「某でよろしければ……」

と、稽古相手に名乗りをあげる家中の士は跡を絶たなかった。

三右衛門はそれに対して、

「どうぞお構いなきように願いまする」

と丁重に断り、一人で黙想をし、時に真剣を抜いて型稽古をするに止めた。

相手は自分がこの二年の間、傍で見つめながら、何かというと助言をし、毎日のように組太刀の稽古をし、立合いに汗を流した新宮鷹之介である。

口には出さねど、その辺りの大名家の腕自慢とは格が違う。

稽古相手を務めてもらっても、かえって調子が狂うというものだ。

登城するまでの間は、自分が一番強い時の体の動きを頭に思い浮かべ、一人で剣を揮《ふる》うことに徹していた。

――よき日々であった。

三右衛門は心からそう思えた。

これまでにも何度か強い相手との果し合いに臨んできた。

決着がつかず立会人に分けられ、そのまま終えたことが一度、互いに力尽き、手傷を負い相討ちにして命長らえたのが一度。

その他はすべて勝った。

明らかに自分の技量が相手を上回り、勝負にもならずにあしらったこともあったが、相手が強いと討ち果さねばならなくなった。

討たねば斬られてしまうからだ。

勝負は紙一重のところで決まる。

ことごとく勝利したというよりも、負けなかったというべきか。

しかし、いつの時も果し合いの前は、気持ちが昂ぶっていた。

斬るか斬られるか。

武芸者同士の面目をかけてぶつかるのだが、大抵の場合は相手の挑発に乗った形での決闘が多く、

――あ奴を殺してやる。

と、殺伐とした怒りを気合に変えていたような気がする。

――何が武芸者だ。ただの喧嘩好きの破落戸《ならずもの》ではないか。

後でそんな風に自分を評し、切なさを募らせることが多かった。

だが今度は違う。

新宮鷹之介との仕合は、風光明媚《ふうこうめいび》なところへ遊山《ゆさん》に出かけるかのような心地にさせてくれる。

真の武芸者と、究極の立合である真剣勝負が出来る喜びを久しぶりに味わえるからだ。

鷹之介が、彼の父・孫右衛門を討った自分を恨んでいないのは確かである。

怒りに任せて、

「水軒三右衛門、親の仇、覚悟をいたせ」

と、仕合に臨まんとしているのではない。

武士としての因縁を潔く受け止め、三右衛門への敬意を抱いた上で、立合おうとしているのだ。

三右衛門を討ち果せば、その御霊を終生忘れずに祀《まつ》るであろうし、討ち死にを遂げても正々堂々と強い相手と仕合が出来たと、喜びこそすれ恨みに思ったりはしない。

新宮鷹之介は、そんな古《いにしえ》の武士の心を持つ稀有《けう》な男なのだ。

瞑目《めいもく》すると、安らかな心地となった。

頭の中で、どんどんと時が後戻りしてゆく。

新宮孫右衛門を討ち果した後に、諸国を行脚し武芸を極めんとした殺伐なる日々は、記憶の遠くにあり、何故か瞼《まぶた》の裏には浮かんでこなかった。

柳生の里での稽古の日々が蘇えり、

「そなたは水軒三右衛門と申すか。いつの日か、剣術など修めたことを悔やむ日がくるかもしれぬが、励むがよいぞ」

亡師・柳生俊則が初めてかけてくれた言葉が思い出された。

これから剣を修めんと励んでいる者に、おかしなことを言う先生だとその時は思った。

しかし今思うと、師は自分を一目見て、

——こ奴は腕を上げるであろう。

と、思ったのに違いない。

そして、どこか小癪《こしゃく》な面構えから、

——自ら茨《いばら》の道を突き進んでいくのではなかろうか。

と、気にかけてくれたのであろう。

とはいえ、その時は柳生新陰流の総帥から声をかけてもらっただけでもありがたく、この先の希望に胸が張り裂けそうであった。

あの時の感動は今も忘れない。

すると、次に紀州の村の風景が浮かんできた。

三右衛門には、あまりよい思い出のない紀州の村であった。

庄屋であった父が女中に手をつけて生まれたのが三右衛門で、生母は物心つく前に亡くなり、父は血の繋がらぬ子を疎む妻に気遣い、妻が亡くなるまで三右衛門を別家に預けた。

やがて本家に戻った三右衛門は、異母兄との折合が悪く、家を出て柳生の里に行くのだが、養家ではすくすくと育ち、そこから城下の剣術道場に通うことも出来た。

村の風景は、養家の村のものだ。

確かそこには、自分の身の周りの面倒を見てくれた女中がいたはずだ。

まだ幼くて非力な自分を、何かというと庇《かば》ってくれて、

「早う大きなって、わたしをお守りくださいよう」

それが口癖であったような気がする。

三右衛門は彼女に母を求めていたのだ。

だが、三右衛門が十二になった時に嫁に行き、それからほとんど会えなくなった。

嫁いだ女が、外へ出る機会は少ない。

嫁いだ先の周りで用を足し、夫を助けて、子を育てていかねばならないのだから当然であった。

——そうだ、おさわといった。それでも何かと用事の合間を見て、会いに来てく

れたような気がする。

かつて奉公していた家への挨拶ごとなどもあり、それからも年に数度は、養家に顔を見せ、

「また大きなりましたね……」

三右衛門の姿を求めて、声をかけてくれたものだ。

だが三右衛門は、おさわに去られた寂しさから、ほとんど話そうとはしなかった。話すと寂しさが増すからだ。

その頃の三右衛門は、次第に腕力も強くなり、近在の百姓の子供達の首領になりつつあったから、暴れ廻ることでその寂しさを紛わせていた。それゆえ、もはやおさわを必要としなかった。

おさわは、たくましく育った三右衛門を、頼もしそうに、嬉しそうに眺めていたが、その裏には彼女なりの寂しさや切なさもあったのに違いない。

——何故あの時、もっとおさわに話しかけてやらなかったのか。

今となっては悔やまれるが、子供の頃は自分なりに思うところがあって言葉が出なかったのであろう。

若い時の思い出は、どれをとってもあの時の自分の態度に呆れてしまう。恥入るばかりで、方々へ謝罪の行脚をしたいほどだ。し残したことはないと思ったが、大きくなってから、おさわを守ってやったことはなかった。

——だが今ではきっと、幸せに暮らしていることであろう。思い出せてよかった。すっかりと忘れていた子供の頃の思い出が、真剣勝負に臨む前に頭の内に浮かんでくるとは不思議だ。

黙想を終えた三右衛門は、ゆっくりと立ち上がった。

三

新宮鷹之介はというと、その日もいつもと変わらず、赤坂丹後坂の屋敷で目覚めると、衣服を改め朝食をとり、仏間で先祖に挨拶をすませると、隣接する武芸帖編纂所に一旦出仕した。

次の瞬間死のうとも、与えられた役儀をこなすのが臣下の務めである。

それを平然と出来てこその武士だと、鷹之介は、父・孫右衛門から言われていた。

編纂所では、そんな頭取を自分達もまた、いつものように迎えんとしたが、鷹之介のような平常心を保つことはなかなか出来なかった。

松岡大八の笑顔も硬かったし、中田郡兵衛は書物をする手を時折休めて、鷹之介にその進み具合を報告するに止まった。

戯作者《げさくしゃ》でもある彼は、何か芝居や読本の話を語って鷹之介を元気付けようとしたのだが、この状況に合う話をすればかえって深刻になるし、荒唐無稽《こうとうむけい》な話をするのも、気が進まなかった。

そこへいくと、女中のお光は誰よりもはっきりと感情を表に出していて、鷹之介に茶を供する時も泣きべそをかき、何かというと物陰から見つめて涙ぐんでいた。

それが鷹之介にはおかしくて、

「お光、言っておくが、おれは死にに行くのではないぞ」

と声をかけて、からからと笑った。

「そうでした……」

お光は、ぱっと顔を赤らめ笑顔で応えたが、またすぐにふさぎ込んだ。

ているからだ。

鷹之介がここへ戻ってくるということは、水軒三右衛門が命を落すことを意味し

先日は、鷹之介が気を利かせて、

「お光もたまには外で遊んでこい」

と、小遣い銭までもたせたのだが、かつては芝浜《しばはま》の海女《あま》で、白浪《しらなみ》流水術の継承者となったお光の行くところといえば海で水術を磨くのが何よりなのだが、今は冬でそれも気が引けた。

かつて住んでいた漁師村には帰りたくもなく、とどのつまりは新宮邸へ行って、女中のお梅を手伝って、二人で鷹之介の身を案じるしか楽しみはなかったそうな。

お光にとっての何よりの楽しみは、水軒三右衛門、松岡大八、中田郡兵衛という、浜にいた頃には会ったこともないような風変わりな男達の世話をしながら、凜々《りり》しき若殿・新宮鷹之介に仕える日々そのものであった。

ここにいると色んな騒動が起こり、それをひとつひとつ強い男達が収めて、新たな発見が生まれる様子を傍で見られる。

お光にとっては、何よりも刺激的で心浮かれる暮らしであった。

しかし、その裏側にはどうしようもない定めに翻弄される、武芸者の世界が潜んでいたのであった。

「お光、泣いたり笑うたり、お前も忙しい女だな。それでは白浪流水術師範は務まらぬぞ」

お蔭で鷹之介はこんな軽口を言うことも出来た。

「水術の師範など、どうでもいいですよう。頭取、水軒先生を死なせずに勝ってくださいまし」

お光は祈るような目を向けた。

「ああ、任せておけ」

心にもないと思いつつ、鷹之介は爽やかな表情で胸を叩いた。

「本当ですか？」

お光の表情が再び華やいだ。

「ああ、我に秘策ありだ」

鷹之介はお光に希望を持たせると、そのまま武芸場へ出て、真剣を手に型稽古を始めた。

大八は目で、

「お相手を仕りましょう」

と問いかけたが、鷹之介はにこりと笑ってそれを制した。

水軒三右衛門が京極邸で、家中の者を寄せつけなかったのと同じく、相手が円明《えんめい》流の達人である大八とはいえ、三右衛門と違う太刀筋を今目の前にするべきではないと思ったのだ。

鷹之介は一通り体を馴らすと、一旦、屋敷へ帰って出仕の支度をした。

大八もこれに従い、門脇の詰所で鷹之介を待った。

今日の仕合もまた、大八と老臣・高宮松之丞は幔幕の外からの観戦が許されていたのである。

「爺ィ、参ろうか……」

今日は、松之丞はもちろんだが、若党・原口鉄太郎、中間・平助、覚内が供をして登城する。

屋敷には女しか残らないが、この日のために他家から門番に二人が派遣されていた。

松之丞は万感の想いをぐっと呑み込んで、いつものように、

「畏まりました」

と、頭を下げた。

「頼むぞ……」

鷹之介はその一言に、新宮家の命運を老臣に託した。

将軍家は自分が死んだとて、新宮家の存続は格別のはからいで認めるとのことである。

また、この仕合が因で不具になったとしたら、鷹之介は隠居をして、形だけでも誰かを養子に迎えるつもりであった。

まともに務められぬというのに、旗本の地位に縋りつくつもりはなかった。

いずれの場合にも、頼りになるのは松之丞を置いてほかにない。

これまでにその辺りのことについて、鷹之介は少しずつ話をしてきた。

もう語るまでもないのだ。

だが、この一言に黙って頷けるほど、今の松之丞に力はなかった。

命をかけて仕えてきた鷹之介と今生の別れになるかもしれぬとなれば、老いた身

には、何を言われてもいつも通りというわけにはいかなかった。

「殿……、爺ィめのような老いぼれに、頼むなどと……。わたくしは、殿にもしものことがあれば、腹を切って後を追わせていただきまする」

松之丞は真顔で応えた。

「これ何を言う。追腹《おいばら》などと口にするではない」

鷹之介は、松之丞の涙を見ると、さすがに平常心が乱れた。

松之丞は、主君の心を乱してはなるまいと、

「その覚悟を持っているということにござりまする」

すぐに笑顔で取り繕った。

「先だっては鈴様に妻になってくれと願われたのですぞ。任されても困りまする」

「ふふふ、そうであったな。爺ィ……」

「はい」

「あれは何やらどさくさを狙うたようで、いけなかったかのう」

「いえ、どさくさでないと言えぬことは、たんとございますよ」

主従はやっと笑い合えた。

鷹之介は、ふと思い出したように、屋敷の奥庭に立つ桃の木を見上げた。

それは、亡母・喜美お気に入りの庭木であった。

春になれば、人の目はつい桜に行きがちであるが、

「ひねくれていると思われるかもしれませんが、わたしはこの桃の花の方が好きです」

喜美はよくそう言っていた。

「桜しか咲かぬ春はつまらぬ。いろんな花の美しさを知り、目立たぬ花を愛でる……。貴方にはそんな人になってもらいたいものでござりまする」

含蓄《がんちく》に充ちた言葉であった。

もう一度、この桃の木の花を愛でたい。

花が咲いた時には、この奥庭は鈴の居処となっていなければならない。

「母上、行って参りまする」

鷹之介は天に向かって語りかけると、松岡大八を伴い、家来達を引き連れて、颯《さっ》爽《そう》と登城した。

父・孫右衛門が果せなかった、新宮家の武辺《ぶへん》を自分の代になって確かなものとす

るために――。

四

かくして――。

新宮鷹之介と水軒三右衛門は、江戸城吹上《ふきあげ》の御庭へ通され、それぞれ紅白の幔幕の中で、その時を待った。

空は冬晴れ。雲ひとつない青空が広がっている。

十四年前の鷹狩りの折、中山御立場に吹き荒れた風は鳴りを潜め、穏やかであった。

二人の真剣勝負の場としては、いかにも相応《ふさわ》しいといえよう。

上覧所には将軍・徳川家斉が厳しい表情で座し、若年寄・京極周防守、老中・青《あお》山下野守《やましもつけのかみ》といった幕府の重職の面々も、居並んでいた。

その中には、まだあどけない柳生俊章の姿もあった。

この度もまた、松岡大八と高宮松之丞は、幔幕の外に控えていて、幕の隙間から仕合を見ることが許されていた。

やがて陣太鼓が打ち鳴された後、

「新宮鷹之介殿、水軒三右衛門殿、これへ参られよ」

との呼び出しがあり、二人は御前の仕合場へと出た。

二人共に紋服に両刀をたばさみ、既に白襷に白鉢巻、袴の股立ちをとっていた。

特に白装束を着しているわけではなく、手首だけには鎖の籠手《こて》が巻かれていた。

これは家斉の命であった。

「手元が斬られては存分に戦えまい」

との配慮である。

真剣での勝負であるから、互いに小手を守ってばかりでは思い切った技を仕掛られまいというのだ。

松岡大八はそれを見て少し胸を撫で下ろした。

初めから一命をかけてという気負いは見当らず、何より両者の小手が守られているのがよい。

両手を使えねば、身を守る技も出ない。

真剣での立合いでは、指が斬り落されてしまったり、手首を落されたりすることもある。

そうなると相手の二の太刀を受け止められぬゆえに、勝敗は決してしまう。

手首や指を斬られた瞬間に止められたら命は助かるかもしれないが、鷹之介と三右衛門くらいになると、次々に技が出るゆえ、力の入らぬ手でよけきれない。

立会人がその瞬間に両者を分けることなどまず出来まい。

きっと家斉はそこを考えたのであろう。

——つまるところ、上様は何とかして立会人が割って入る余地を残しておこうと、思うておいでなのであろう。

大八はそのように思った。いや、思わずにはいられなかったのだ。

幔幕の隙間から窺い見る両者は、実に涼やかで体の調子のよさが、その立姿からもわかる。

何といってもこの二人が立合うのだ。

迷いのない表情を見ていると、互いに存分に力を出し合うはずだ。

二人の命は将軍の想いひとつで決まるのであるから——。

鷹之介と三右衛門は、将軍に恭《うやうや》しく礼をすると、互いに頷き合った。

そして互いの表情に屈託の色が浮かんでいないので、自ずと笑みが洩れた。

「二人の者……」

家斉は、厳しい表情を崩さずに、言葉を投げかけた。

その声はさすがに征夷大将軍である。威厳に溢れていた。

御庭に張り詰めた気が放たれた。

「こ度の仕合については、もはや何も語ることはない。真剣で立合うというゆえ、これをさし許す。存分に戦うがよい」

家斉はそこまで言うと、大きく息を吐いて辺りを見廻した。

この場にいる者は皆、先ほどから立会人が誰なのかが気になっていた。

柳生俊章はまだ十二歳。

となればここはやはり、同じ将軍家剣術指南役である、当代の小野次郎右衛門《おのじろうえもん》が務めるのではないかと見ていた。

しかし、次郎右衛門はこの場には呼ばれていなかった。

十四年前は、俊章の祖父・但馬守俊則が務めた。

その因縁からしても、小野派一刀流の出るところではないと、家斉は判じたのであろうか。

「さて、立会人の儀じゃが……」

家斉は低い声で切り出した。

やはりそのことであったかと、一同に緊張が走った。

この日の大仕合の行方は、立会人によって決まろう。

新宮鷹之介と水軒三右衛門の命の行方と共に——。

「立会人は、余が務めよう」

家斉は、凛として言い放ったのである。

五

新宮鷹之介、水軒三右衛門はもちろん、一座の者達に衝撃が走った。

まさか将軍自らが立会人となり、行司を務めるとは、さすがに思いもかけなかった。

——これはいかぬ。

松岡大八は、幔幕の陰でその声を聞いて、顔を伏せた。

家斉は、両者が真剣勝負を選んだのが気にいらぬのであろう。

かくなる上は、自分が返り血を浴びて、いずれかの死を看取ってやろう。

そのような気持ちになったのではなかろうか。

家斉とて、柳生俊則から新陰流を教授された武士である。立会人くらい務めることも出来るはずだ。

しかし、この仕合は真剣勝負で、戦う二人は当代きっての剣豪なのである。

勝負技が決まる寸前に二人を分けるのは、まず無理であろう。

それゆえ傍にいて引導を渡すつもりになったのに違いない。

「上様……」

老中・青山下野守が、思わず声をあげた。

「その儀ばかりは、何卒、他の者にお命じくださりますよう、お願い申し上げまする」

将軍が真剣勝負に立会うなどとは危険極まりないと、諫《いさ》めたのである。

「下野守、余を侮りよるか」

家斉は詰るように言った。

「とんでもないことでござりまする……」

下野守は畏まった。

「真剣勝負の巻き添えを恐れるような将軍は要らぬ」

家斉は、一切の諫言《かんげん》を許さぬ勢いで言葉を継ぐと、上覧所に階《きざはし》を運ばせ、ゆっくりと庭先へ降りた。

「両名の者。余が立会人では不足か」

そして、鷹之介と三右衛門に、にこやかに声をかけた。

「ありがたき幸せに存じまする」

二人は、平蜘蛛《ひらぐも》のようにその場に這いつくばった。

自分もまた、因縁の真剣勝負に加わるという意思を見せた将軍の気持ちが、二人には素直に嬉しかったのだ。

「余に気遣うことなく、存分に立合うがよい」

家斉は、鉄の軍配を小姓に持ってこさせると、

「いざ！」

と、二人を促した。

小姓の一人は、軍旗を手に傍に控えた。

家斉は自分が立会人となることを、既に決めていたらしい。

「ははッ！」

鷹之介と三右衛門は一礼の後、ゆっくりと立ち上がった。

そうして、立会人の家斉が見守る中で、対峙した。

「水軒陰流・水軒三右衛門」

「鏡心明智流・新宮鷹之介」

名乗りをあげると、互いに刀の鯉口《こいぐち》を切った。

二人が平伏していた間に、幔幕の一角が取り払われ、上覧所の斜め奥にある小御殿が明らかになっていた。

小御殿の庭に面した一間には御簾《みす》が下ろされている。

そこには家斉の妻妾がいて、この度もまた御前仕合を観覧するのであろう。

今日のような真剣勝負を、奥向きの者に見せるのはさぞかし憚《はばか》られたであろう

が、

「格別な仕合である。心して見よ」

と、家斉が命じたのだと思われる。

小御殿の濡れ縁の隅には、別式女の鈴の姿が見られた。

薙刀で奸臣を成敗した烈女も、夫となるべき新宮鷹之介の仕合を見るのはさすがに辛い。

ちらりと目をやる鷹之介には、これまで見たことのないほどに、鈴の表情が強張っているように思えた。

しかし、そこは武芸によって出会い、武芸を高め合う過程で恋を育《はぐく》んだ相手である。

きっちりと最後まで見届けてみせるという覚悟が窺われた。

「いざ……」

「参る」

両者はゆっくりと刀を抜いた。

二人共に、緊張の色は浮かべていない。

実に落ち着いていて、晴れやかな表情であった。

二人共に足袋《たび》はだし。

白洲の地面を踏みしめながら、じりじりと間合を詰める。

白刃に跳ね返る陽光が、きらきらと光り輝いた。

その眩しさが見ている者達の緊張をさらに高め、息苦しさに堪えかねて、ぐっと吸い込む気の音が、かすかにうねりをあげていた。

六

――さすがは三殿だ。

鷹之介は心の内で低く唸った。

真剣で組太刀を三右衛門相手にしたことがあったが、その時の崩れぬ構えと、寸分違《たが》わぬのだ。

つまり稽古によって得たものが、毛筋ほども違わぬ確かさで、勝負の時に発揮されるのである。

それこそが修練を積むということに他ならない。

鷹之介は相青眼《あいせいがん》で向かい合う三右衛門の刀が、どのように自分に襲いかかってくるのかに興をそそられた。

楽しんでいる場合ではない。

これは組太刀の稽古ではないのだ。

しかし、日頃から、実際に強い相手と真剣で立合うことを前提に研鑽を積んでいるのである。

今がその成果を試される時なのだ。

三右衛門がいかなる技を仕掛けてくるのか、それに対して自分はどう対処するのか——。

頭で考えたとて仕方がない。

考えればその一瞬の間が命取りになる。

相手の仕掛には自分の体に刻み込まれた術で応えなければならない。

体がひとりでに動き、攻めに対しては守りの技で応じ、そこから自分の攻め技を繰り出さねばなるまい。

問題は、日頃の稽古で得たものが、そのまま斬り合いの中で活かされるか否かだ。
真剣勝負の緊張を、完全にかなぐり捨てることは至難の業《わざ》である。
乱心し気が紛れてしまえば、自分も隙だらけになる。
ひたすら冷静に徹しては、思い切った攻めも出来まい。
その兼ね合いが非常に難しいのだ。
しかし、三右衛門は真に落ち着いている。
それでいて、彼の構えには隙がなく、切っ先からは凄まじい剣気が放たれている。
そして鷹之介は相手の強さを瞬時に解するだけの術を持ち合わせていた。
あらゆる邪念を捨て、立合を楽しむ余裕があった。
――よし。まずは物見と参ろう。
鷹之介は、三右衛門の太刀筋を確かめんとして、じりじりと間合を詰めるすり足から、
「うむッ！」
と、一足踏み込んだ。
鷹之介の剣の切っ先が、僅かに三右衛門のそれに触れた。

刃金と刃金がぶつかるかすかな音がした。

鉦《かね》のごとき心地のよい音色であった。

手の内を柔らかくして構えているゆえ、至極小さな円の軌道が描かれたかと思うと、また元の構えに戻っている。

三右衛門は動じない。

しかし、互いの剣は切っ先三寸で重なり合い、そこで足が止まった。

袴の中で、互いの膝はいつでも動けるように軽く曲がっている。

ぐっと、さらに前へ出るか、相手の動きに応じてとび下がるか――。

鷹之介は、三右衛門の構えの柔軟さに内心舌を巻いていた。

ついつい手に力が入るものだが、三右衛門は柄を手の内で遊ばせている。

いざ斬り合いとなれば、三右衛門の刀は彼の手の内で自在に踊るように動くことであろう。

――ならば踊り出す前に、三殿の太刀を撥ね上げてみせよう。

鷹之介の愛刀・水心子《すいしんし》正秀《まさひで》二尺二寸八分もまた、彼の柔らかな手の内で、存分に揮われんとしていた。

この打刀《うちがたな》は父・孫右衛門の形見の一振。

十四年前、三右衛門と真剣勝負に臨んだのはこの刀であった。

武運拙《つたな》く孫右衛門は討たれたが、その際、この刀は三右衛門の左の肩を斬り、彼の血を吸っていた。

天才的な刀捌きと体の捌きで、幾度かの斬り合いをほとんど無傷で切り抜けてきた三右衛門に数少ない傷跡を残した業物《わざもの》である。

一方、三右衛門はというと、彼もまた鷹之介の身のこなしを五体に感じ、――頭取、いつの間にこれほどまでに腕をあげられた。

感動すら覚えていた。

ぴたりと切っ先三寸をつけ合って、互いに相手の次の出方を探り合う。

これぞ立合の醍醐味《だいごみ》であろう。

立会人の家斉は、冬の空の下にいて、額に汗を浮かべている。

三右衛門も鷹之介も実に晴れやかな心地で、胸の内は透き通っているが、武芸に生きる二人の境地は余人にはわからない。

ただ二つの肉体が刀を手にぶつかり合う。その激しさに圧倒されてしまうのだ。

切っ先は重なっている。

そこから踏み込めば、相手に己が一刀が当たるはずだ。

しびれを切らして仕掛けたくなる。

だが相手に隙がないとなれば、下手に出ると出端を折られる。

それでも攻めねばならぬ。

攻撃こそ何よりの防御となるのだ。

――今だ。打て。

という誘惑が心の中に囁きかけてくる。

まだ見ぬ世界へ足を踏み入れる。これほど甘美なものはない。

生死の狭間ゆえに、武芸者の心をくすぐるのである。

――ひとつ仕掛けてみたい。

老練なる水軒三右衛門も、鷹之介の美しくも荘厳なる構えと向き合うと、その魔に魅入られそうになる。

――今はいかぬ。

三右衛門は邪念を振り払う。

その想いが、鷹之介にも伝わったのであろう。

彼の手首が動いた。

三右衛門も手首をかすかにしならせる。

互いの切っ先は刀身をぶつけ合い、再び美しい音色を奏でたが、

「うむッ！」

と、低い唸り声と共に、二人は同時に後退し、間合を切った。

「おおッ……」

思わず、見物の一同から溜息が洩れた。

七

一旦間合を切った鷹之介と三右衛門であった。

間合を取り合い、隙あらば仕掛け、相手の技を誘い出し、巧みに迎え撃つ。

それが立合の常套《じょうとう》である。

しかし、わかっていたとはいえ、それが通じる相手ではないと、二人共に互いの

実力を改めて思い知った。

それゆえ、絶妙な呼吸で二人は立合をやり直したのだ。

——さすがは三殿。

鷹之介は感じ入って再び平青眼に構える。

これに対して三右衛門は、

——よくぞここまで極められた。

感動の中に満足を覚えていた。

その三右衛門の表情を、家斉はじろりと見た。

三右衛門の表情には、何かやり遂げた男の得意気な笑みが内包されているのが、この将軍には見えるのだ。

——三右衛門め、仕掛よるわ。

家斉の直感は当った。

もはや思い残すことはない。心おきなく立合わんとする三右衛門は、再びじりじりと間合を詰めると、今度は迷いなくぐっと踏み込み、右へと体をかわして袈裟《けさ》に一刀をくれた。

かつて俄な疾風に誘われて、新宮孫右衛門と斬り合った時と同じ技を出したのだ。

あの時は孫右衛門もまた右に体をかわして迎え撃った。

「えいッ！」

凄まじい一撃であった。

これを鷹之介はその場で受け止めた。

しなやかな手首の返しから、柔よく剛を制し柳に風と受け流し、振り返りざまに体勢の崩れた三右衛門に、こちらも袈裟で応じたのだ。

しかし、三右衛門は一の太刀が外れた時の対処は心得ている。

体勢を持ち直そうとはせず、そのまま牽制《けんせい》の一刀をくれつつ、前へ走った。

鷹之介はこれを追い、押し斬るように打って出る。

三右衛門はその出端を狙い、下から小手を斬らんとする。

鷹之介はその一刀を巧みに擦り上げ、面に斬るが、三右衛門は跳び上がって、鷹之介の刀を上から叩いた。

危うく刀を取り落しそうになるほどの、強烈な一撃である。

鷹之介はさっと跳び下がって、八双《はっそう》に構えた。

目まぐるしい攻防である。

両者の刀は数度ぶつかり合い、火花を散らした。

何という息詰まる熱戦であろうか。

家斉は、目にも留まらぬ二人の動きを、見守るしか術がなく、構え直した両者が生きている事実に感嘆した。

松岡大八は、込み上げる熱情に、目に涙を浮かべていた。

――三右衛門、よかったのう。お前の術をここまで堂々と受け止め、立合う武士に巡り合えたのだ。本望であろう。

しかも相手は、この二年以上の間側にいて、武芸について助言を与え、仕込んできた大好きな若武者なのだ。

――そうか、こんな風に頭取と立合いたかったのだな。三右衛門、お前の心の内が読めたぞ。

大八は悲運を背負い、心ならずも真剣で立合う二人が、その悲壮な情景を、武芸の威風と美しさに昇華させている姿を、羨ましいと思った。

彼の傍らにいる高宮松之丞はしかし、武芸者の境地には意識が届かない。

己が何よりの宝である主君の身に、死の影が迫りくることばかりを気にかけている。

老人の目にも涙が浮かぶ。

大八はそれを労るように、

「頭取は負けはいたさぬ……」

そっと声をかけてやるのであった。

鈴はというと——。

夫と決めた新宮鷹之介が、もしも武運拙く敗れたとて、その最期の一瞬まで目に焼き付けておかんと、彼女は目をそむけなかった。

そういう自分を、鷹之介は妻に望んだのであろうし、広い世界にあって、それが出来る女は自分だけであろう。

その自負と矜持《きょうじ》が、彼女の平常心を支えていた。

——何とお強いことでしょう。

もしも鷹之介が命を落しても、自分の夫はこの人だけだと心に誓い、鈴は目を見開いていたのだ。

真剣勝負は新たな局面を迎えていた。

まだ子供の柳生俊章などは、後世に語り継がれるであろうこの勝負の行方を一瞬たりとも見逃すまいと、ずっと身を乗り出して見つめていた。

目の覚めるような技の応酬を繰り広げた、鷹之介と三右衛門は、それぞれ八双と下段に構えを改め、再び攻撃の機会を窺っていた。

仕合は膠着《こうちゃく》の気配を見せていた。

始まってから、たかだか小半刻《こはんとき》しか経っていないが、一刻《いっとき》以上見ているような気もするし、ほとんど刻が過ぎていないような気もする、不思議な感覚があった。

——さて、参るぞ。

三右衛門は疲労を覚えていた。

相手がたとえ五人であっても、ここまでの疲れは出まい。

気力と体力の結集が、術を最高のものにするのだが、

——ふふふ、さすがにわしも老いた。

三右衛門は、次に勝負をかけていた。

——早う、楽をさせてもらおう。

どこまでも、そんな洒脱《しゃだつ》な言葉が心の内に出るのが、水軒三右衛門の真骨頂だ。

しかし、疲れているのは鷹之介も同じである。

歳は三右衛門の子供といってもおかしくないが、体力は勝っても、巧みに気を抜く術は、﨟長《ろうた》けた三右衛門には敵わない。

気力の消耗は、鷹之介の体力をじわじわと奪っていく。

三右衛門の口許が綻《ほころ》んだ、ように映った。

それは何か悪戯を企む時の三右衛門の表情である。

「頭取、ひとつ勝負と参りますか」

いつものおどけた言葉が聞こえてきそうであった。

――ならば勝負といたそう。

鷹之介は、鋭い目に親しみの色を込めた。

三右衛門は気合を込めた。

春太郎は、三右衛門に飲み競べを迫り、

「勝負を長引かせて、上様に〝もうよい！〟と言わせるようにしておくんなさいまし」

と、言った。
わざと長引かせるまでもなく、鷹之介と立合えば膠着必至と思われたが、
——春太郎、それでは体がもたぬよ。
三右衛門は、どこかの空の下で、自分達の仕合をどのように思っているのだろう
と、春太郎に気をやりつつ、勝負の時を待った。
思いもかけず、将軍・家斉自らが立会人を務めることとなった。
仕合が長引けば、いつまでも将軍を仕合の場に立たせておくわけにもいくまいと、
忠義の士達が動くかもしれなかったが、
——そこまでは身がもたぬ。
三右衛門の体は、すり足でぐっと前へと出た。
——いざ。
これに鷹之介が呼応した。
切っ先がまた触れ合わんとしたところで、二人は体に力を込めて、その時を待ち、
機を探った。
おびただしく溢れる剣気と、強烈な緊張が吹上の御庭に充満した。

この膠着が、突如として爆発に変わる。誰もがその時を予感していた。

鷹之介は、無念無想の境地にて四肢に力を漲《みなぎ》らせた。

十四年前、三右衛門と孫右衛門の出足を狂わせた疾風は吹いていない。

両雄が今にも激突する――。

その予兆を誰よりも早く察したのは、立会人を務める家斉であった。

鷹之介と三右衛門の切っ先が今にも触れ合わんとした時、

「それッ！」

家斉は、いきなり小姓から受け取った軍旗を、二人の間にひらひらと投げ打った。

「上様……」

「これは……」

鷹之介と三右衛門は目の前に敷かれた葵の御旗を見て、両者共に動きを止めた。

御旗を踏みにじることは出来ない。

「それまでといたせ」

家斉は厳《おごそ》かに言い放った。

仕合を止められた二人は、気合が充実していただけに肩すかしをくらったようで、訴えるような目を向けた。

「三右衛門、そちの負けじゃ」

家斉は、すかさず三右衛門の負けを告げた。

「よいか。これは余の気まぐれで止めたのではない。三右衛門、そちは今勝負を捨て、死のうとしたであろうが」

詰問されて三右衛門は、言葉が出なかった。

家斉に図星を突かれたからだ。

長年、武芸者として生きてきた。

生死の境目を歩いてきて、いつもどちらに転んでも仕方がない状況に身を置いて、生き長らえてきた。

それが武芸帖編纂所へ入って、もはや諦めていた安らぎを得た。

それを自分に与えてくれたのは新宮鷹之介であった。

鷹之介と共にいると、武芸者として生きてきた甲斐があったと思えてきた。それは三右衛門にとって何にも替え難い、ありがたい感情であった。

自分はこの御方の父親を討ち果した。

同時に、忘れられぬあの真剣勝負が蘇ってきた。

斬るか斬られるかの暮らしに疲れた三右衛門は、

――この御方と立合い、斬られて一生を終えたい。

そんな想いにかられるようになっていた。

人はいつか死ぬ。

ならば老いさらばえてまともに戦うことも出来なくなる前に、最後の力を振り絞り、鷹之介と立合い死ねれば本望だと――。

松岡大八は、三右衛門の考えを誰よりもよくわかっていた。

それゆえ、この仕合が哀しかったのだ。

家斉も三右衛門の想いが、間近に立合を見てわかった。

何かの折には、二人の間の渡れぬ川として、葵の御旗を使わんと考えていたが、ここにきて迷わず投げ打ったのだ。

「よいか、三右衛門。そちの想いは殊勝《しゆしよう》じゃが、死なんとするは、勝負を捨てたも同じ。それじゃによって、仕合を止めた。鷹之介、わかるな」

鷹之介と三右衛門は刀を納め、その場に跪《ひざまず》いた。

「鷹之介も三右衛門も、武芸者としての意地と面目に命をかけ戦い、その上で、相手を思いやる武士の情を忘れぬとは真に天晴れじゃ。それゆえ、僅かでも得心がいかぬのなら、遠慮はいらぬ、申してみよ」

家斉は二人に労いの言葉をかけつつ、未だ体内に沸く剣気を落ち着かせんとした。

鷹之介と三右衛門は、呼吸が整うと憑きものが落ちたかのように、その場に平伏した。

「何も申し上げることはござりませぬ……」

鷹之介が恭しく言上すると、

「ならば三右衛門に言いたいことはないか」

「それならば、ござりまする」

「この場で申せ」

「ははッ」

「水軒三右衛門殿、もしやこの鷹之介に初めから討たれてやろうと思われているのではないか。それが気になっておりましたが、どうやらここぞというところで、その想いが出たような……。それゆえ上様にお止めいただいたことをありがたく思うておりまするが、真剣にてお相手くださり、真に忝うござりまする」

鷹之介は飾らぬ想いを三右衛門にぶつけた。

家斉に止められる直前、確かに三右衛門は捨身となっていた。

その真意は、ここまで立合ったのだ。あとは見事斬られて終りにしよう。楽になりたいとの想いからであろうと読めた。

厳しい立合の中で鷹之介は三右衛門の動きが読めた。

それが何より、三右衛門が勝負を捨てた証なのだ。

三右衛門の表情は、いつもの皮肉屋のそれに戻っていた。

「いや、討たれてやろうなどとは滅相《めっそう》もござらぬ。頭取に気圧《けお》されて、もはや為す術ものうなり、これは捨身でかからねばならぬと存じたまで……」

応える声にも彼独特の人を食ったような響きがあった。

それを聞いて家斉は、

「こ奴め、口の減らぬ奴じゃ。まだそのつれを申すなら、そちに罰を与えるぞよ」

穏やかに言った。

「謹んでお受けいたしまする」

「一年の間、旅に出よ。そこでおもしろい話を仕入れて、時がくれば余に物語りをせよ。それゆえ戻るまではくれぐれも命を粗末にするではないぞ。目付役をつけるゆえにのう」

諭すように言われ、三右衛門は額を地につけ、

「畏まりましてござりまする」

重々しく応えたものだ。

「鷹之介、見事な真剣勝負であったぞ。さぞや孫右衛門も満足しているであろう」

「ははッ！　ありがたき幸せに存じまする」

「褒美をとらせよう。望むものを申せ」

「されば畏れながら、藤浪鈴殿を妻にいたしとうござりまする」

鷹之介は迷わず願い出た。

「鈴を？　ふふふ、やっとその気になったか、余は以前よりそのつもりをしていたと申すに。よかろう。さし許す。藤浪鈴の三百石に加え、武芸帖編纂所の頭取としての役料を加え、新宮鷹之介を千石の旗本といたす」

「は、ははアッ――！」

鷹之介は這いつくばるしかない。

小御殿の濡れ縁では鈴が顔を赤らめて、幔幕の陰では松岡大八と高宮松之丞が顔を涙でくしゃくしゃにしながら、これに倣《なら》っていた。

「めでたいのう！」

家斉は白洲に敷いた御旗を拾い上げ、肩にかけると高らかに笑った。

緊迫と悲壮に覆われた吹上の御庭をたちまち和やかにする。

それが〝俗物将軍〟などと巷で揶揄《やゆ》される徳川家斉の凄さであることを、民は知る由もなかろう。

しかし、人がそのように言えることこそが天下泰平の印である。

この心やさしき将軍はそう思っているのだ。

気がつけば千石取りの旗本になっていた鷹之介は、仕合での勝利、鈴との婚姻の喜びが合わさって、しばし放心していたのである。

八

「あたしは端から上様が、何とかしてくださると思っていましたからね。まったく心配なんかしてませんでしたよう」

路傍に咲く冬の花を愛でながら春太郎は景気の好い声をあげた。

そこは芝金杉《かなすぎ》橋を南に渡ったところで、春太郎の傍らには旅姿の水軒三右衛門がいた。

師走《しわす》に入ろうかという十一月の末日。

三右衛門は、家斉から与えられた〝罰〟をまっとうするために旅発つ。

この先は寒くなるゆえ、南から旅を始めんと、東海道筋で春太郎との別れを惜しんでいるのだ。

新宮鷹之介との真剣勝負の後、三右衛門は若年寄・京極周防守の上屋敷に身を寄せた。

武芸帖編纂所での役目も終った。

頭取である鷹之介の父・孫右衛門を討ち果した事実が公になった上は、編纂所とは距離をとった方がよかろう。

周防守は、真剣勝負に臨みはしたが、鷹之介には三右衛門への遺恨はないのを承知で、そのように取りはからったのだ。

とはいえ、仕合の三日後に、京極家の家士に傅《かしず》かれ、三右衛門は編纂所へ挨拶に訪れた。

頭取・鷹之介以下、松岡大八、中田郡兵衛、お光との別れを惜しむと、新宮家からも次々と家中の者が三右衛門に会いにやって来たものだ。

「旅から戻ってきたら、またお顔を見せに来てくださるのですよね。もう仕合もすんだのですからねえ」

お光は賑やかに三右衛門に話しかけたが、皆はもう三右衛門の想いも人となりもわかり過ぎるくらいにわかっている。

再び生きて会えたのを言葉少なにしみじみと喜び、旅の無事を祈り別れたのであった。

三右衛門は、京極周防守からの下知で旅発つことになるが、その日取りについては語らなかった。

「見送られたりするのは苦手でござりまするゆえ」

そっと旅発たせてもらいたいと、少し照れながら伝えたのだ。

ただ、会えなかった春太郎だけには、旅発つ日をそっと告げた。

先だっての飲み競べでは、いかさまを仕掛けていたので、直に会って詫びておきたかったのだ。

もちろん春太郎は、あの日の一件を根にもってなどいない。

「道中一杯おやんなさいまし」

と、瓢簞《ひょうたん》に伏見《ふしみ》の下り酒を入れて餞《はなむけ》とした。

三右衛門は、柳生家上屋敷で手に入れた棒手裏剣を春太郎に渡した。

「そなたもわしと同じで、編纂所には顔を出し辛いかもしれぬが、手裏剣術は衰えさせぬようにの」

「ふふふ、わっちも武芸者の端くれですからねえ」

春太郎は棒手裏剣を手でもてあそびながら、ニヤリと笑った。

「まず姐さんが元気そうで何よりじゃよ」

「わっちはいつだって辰巳の春太郎ですよ。ところで、目付役というのは決まったのですか？」

「いや、今日ここで初めて顔を合わすことになっていてのう」

「そのお人と一緒に旅へ？」

「それでは窮屈で堪らぬ。付かず離れず、何か用がある時は現れてくれる。そんな目付役にしてもらいたいと願い出た」

「先生は相変わらず、気儘を通しますねえ」

そんな都合のよい目付役がいるのだろうかと、春太郎は失笑した。

「それにしても、お目付役とここで初めて顔を合わすというのも妙ですねえ」

「どうせ旅先で、いやというほど顔を合わせることになるのだろう。前もって会うのも面倒に思うてのう」

「なるほど、それもそうですねえ」

「そろそろ来る頃だろうよ」

「そんなら、わっちはそろそろ退散退散……」

「そうじゃ、姐さんに頼みがある」

「へい、何なりと……」

「こいつを頭取に渡してもらいたい」

三右衛門は懐から一巻の巻物を取り出して春太郎に手渡した。

「おや、こいつはまた値打ちもので？」

「いや、見た目だけじゃ。これを広げると、わしが今まで旅先で出合うた、武芸流派について書きなぐってあるのじゃ」

「鷹旦那から聞いたことがありますよ。初めの内はこれを頼りに滅びそうな武芸を探していたって。なるほどこいつだったんですね。ふふふ、何を書いてあるのかよくわからないと言ってたけど、本当だ……」

春太郎は遠慮なく巻物を広げて、中を検《あらた》めてからからと笑った。

「確かにお預かりいたしましたよ……」

春太郎は再び巻物をきれいに巻くと、橋の方を見て低く叫んだ。

「水軒先生……。ははは、どうやらとんでもない目付役が来たようですよ」

「うむ？」

三右衛門も橋を見ると、旅仕度の武家の母子がやって来る。

「まさか……」

母子の傍には、新宮鷹之介と松岡大八が付いている。

「新宮鷹之介、この度は御支配より、御目付役をお連れいたすようにと仰せつかりましてござる」

鷹之介は、いつもの人をとろけさせる笑顔を向けて三右衛門に語りかけてきた。

「これは頭取……。どうやら、この三右衛門、京極様にいっぱいくわされましたな」

三右衛門は嘆息した。

「御支配にお命じになったのは上様かと。改めて御目付役の遠藤登世殿と、遠藤錬太郎殿でござる」

母子はこの二人であった。

旅先で騒動を起こす恐れのある三右衛門も、この二人が付かず離れず傍にいれば、無茶はすまい。

上申したのは鷹之介であった。

「三右衛門、御上意とあらば従わぬわけにも参らぬのう」

大八が冷やかすように言った。

登世と錬太郎は、三右衛門に深々と頭を下げた。二人の表情には、どこまでも三右衛門に付いていくのだという決意が表れている。

「うーむ。頭取は、ますますお節介になられたようじゃ」

三右衛門はにこやかに頷いてみせると、

「忝うございまする。ならば、さらばにございまする！」

照れくささをはねのけるようにして一礼すると、登世と錬太郎を促して一路南へと歩き出した。

彼は一言も母子に声をかけなかった。この先いやというほどこの目付役とは言葉を交わさねばならぬのだ。

今は少しでも江戸から遠くへ離れよう。

三右衛門のそんな想いが透けて見える。

鷹之介は黙って見送った。

命ある限り、またどこかで会える日も来るであろう。

言葉など無用である。

足早に立ち去る三人は、武家の親子の三人連れにしか見えぬ。

どこまでも登世と錬太郎と共に暮らすことを避けたのは、母子を想うからこそ。目付役となれば仕方がない。ここはあれこれ言わずに人の厚意を受けて、己が想いを貫かん——。

ひねくれ者の三右衛門は、武芸者に凝り固まった自分から、一人の善良な男を引っ張り出したのである。

「もっと早くから、皆素直になればよかったんだねえ……」

春太郎は、つくづくと言葉を吐き出して、

「水軒先生がこれを頭取にと……。わっちはこれで……」

件の巻物を鷹之介に手渡すと、足取りも軽く橋を渡っていった。

「また武芸場に顔を出してくれ！」

鷹之介が爽かに声をかけると、

「気が向いたら参りますよ。深川へ来たら、また呼んでおくんなさいまし！」

春太郎は元気に応えて、袖に両手をしまって小走りに去っていった。

鷹之介は巻物を大事そうに抱くと、

「大殿《だい》、千石取りになるより嬉しいことが……」

「何でござろう？」

「武芸帖編纂所頭取でいられることでござるよ」

「なるほど、某にとっても何よりでござりまする」

「何やら風が冷とうなってきた。帰って武芸場で稽古をして、体を温めるとしよう」

鷹は七十年くらい生きるそうな。長寿ゆえに四十年を過ぎたあたりで已が嘴《くちばし》や爪、羽を剝ぎ取り、やがて新しい姿となり、残りの寿命をまっとうするという。

今、若鷹はひとつ成長を果し、その日に備えて嘴と爪を磨きつつ、大空へ飛び上がろうとしていた——。

（完）

著者あとがき ―― 十巻を書き終えて

岡本さとる

何気なくテレビのBS放送で見た「ヒット・パレード」という映画。

監督がハワード・ホークス。出演がダニー・ケイ、ヴァージニア・メイヨに加えて、トミー・ドーシー、ルイ・アームストロング、ベニー・グッドマン、ライオネル・ハンプトン……という、ジャズの巨星が豪華にゲスト出演している。

スイングやデキシーが好きなわたしには堪《たま》らない映画でした。

内容はというと――。

音楽財団の庇護《ひご》のもと、ある館に籠《こも》って世界の音楽史を編纂《へんさん》する七人の教授。

彼らは、巷《ちまた》で流行《はや》るジャズに魅せられ、編纂事業の一環としてこれを研究するのだが、美しきクラブ歌手と関わったことで、ギャングの悪巧みに巻き込まれてしまい……。

というミュージックコメディ。

エンターテインメントに満ちた、これぞよき時代のアメリカ映画という作品で、大いに楽しんだのですが、

「これ、時代劇にできる！」

と、見終わってすぐに思い立ちました。

たとえば、滅びつつある武芸流派を、後世のために武芸帖に残す事業を、幕府が始めたとしたら……。

これは面白い設定になるはずだ。

役所は、〝公儀武芸帖編纂所〟でどうだろう。

主人公は、やはり若くて凜々《りり》しい侍にしよう。

その方が絵になる。

若き旗本が、武芸優秀を認められて頭取として赴任《ふにん》する。

しかし、現在の会社や役所においても、こういう資料室の管理などは閑職と思われがちで、決して出世コースに乗っている人が行く部署ではないだろう。

武芸優秀とはいえ、滅びゆく武芸を掘り起こして、武芸帖に残していく作業など、

「御勘弁願いたい」

と、夢と希望にあふれた前途洋々の旗本ならば思うはずである。

そういう挫折の物語として始めるのもよいのではないか。

となれば、そもそも将軍のお気に入りであるべきだ。

小姓組か書院番の三百俵取りくらいの旗本がよかろう。

三百俵取りなら、それなりの旗本であるし、これからの出世に期待がかかる。

小姓組番衆にしよう。

名は、新宮鷹之介。

彼の父親も小姓組番衆で、かなりの剣の遣い手であったが、鷹之介がまだ子供の頃に、将軍の鷹狩に随身して、警固中に謎の討ち死にを遂げている。

ここは「ジャングル大帝」や「ライオン・キング」のテイストを加味しておこう。

父の無念を晴らすため、頑張って出世しようと思っていたら、新設の役所に行かされてしまう。

さらに、風変わりな飲んだくれの武芸者を、編纂方として傍につけられ失意の鷹之介……。

しかし鷹之介は奮起して、仲間と共に工夫を凝らし、〝公儀武芸帖編纂所〟を立派な組織に築き上げ、自らもまた武芸者として成長を遂げていく――。

できたではないか！

音楽に色々種類があるように、武芸にも〝十八般〟と言われるだけの術があるから、しばらくテーマには困らないだろう。

綺羅《きら》星のごときジャズマンが映画に華を添えていたように、こっちは当代の名剣士を登場させよう。

そして、実在の剣客、架空の武芸者など取り交ぜつつ、新宮鷹之介の成長譚《たん》を綴ってきたわけです。

そのうちに「ヒット・パレード」の面影はまったく消えてしまいましたが、あれよあれよという間に、本作で早くも十作目となりました。

コロナ禍に見舞われ、ステイホームと言われ、大型書店が休業に追い込まれるという、物書きにとっても、読書好きの方々にとっても、受難の時期もありました。

そんな中でも、ご愛読下さった皆様には感謝の気持ちでいっぱいです。

振り返ってみますと、

「筆に狸の毛が混じる」

などという文句がありますが、よくもまあこんなに出鱈目《でたらめ》な話を書いたものだと、我ながら呆れております。

しかしながら、本作において、鷹之介と水軒三右衛門の「真剣勝負」を描くことで、出鱈目な話に一本筋を通したつもりです。

求道者の悲哀と矜持《きょうじ》を、原稿用紙二十枚にわたる、白熱の立合の中に描けたのではないかと自負しております。

さて、これで完結なのかと残念に思って下さるありがたい皆様には、

「今回が一応の決着編」

と申し上げておきます。

新宮鷹之介と水軒三右衛門に、ここまでの真剣勝負をさせておきながら、何もなかったかのようにシリーズが続くというのも、いささか面の皮が厚いというものです。

とはいえ、松岡大八、春太郎、中田軍幹、お光に加えて、高宮松之丞をはじめとする新宮家の面々。そして鷹之介の妻となる鈴。さらには、悪戯好きな将軍・徳川

家斉、切れ者の若年寄・京極周防守……。

愛すべきキャラクターをこのままにするのはもったいないと、ペンを持つわたしの右手は疼《うず》いているのです。

光文社文庫

文庫書下ろし／長編時代小説

果《はた》し合《あ》い　若《わか》鷹《たか》武《ぶ》芸帖《げいちょう》

著者　岡《おか》本《もと》さとる

2022年8月20日　初版1刷発行

発行者　鈴木広和
印刷　萩原印刷
製本　ナショナル製本

発行所　株式会社　光文社
〒112-8011　東京都文京区音羽1-16-6
電話（03）5395-8149　編集部
8116　書籍販売部
8125　業務部

ISBN978-4-334-79406-4　Printed in Japan

組版　萩原印刷